딩크

DINK

딩크

D I N K

초판 1쇄 발행 2023. 9. 5.

지은이 맥켈란
펴낸이 김병호
펴낸곳 주식회사 바른북스

편집진행 박하연
디자인 최유리

등록 2019년 4월 3일 제2019-000040호
주소 서울시 성동구 연무장5길 9-16, 301호 (성수동2가, 블루스톤타워)
대표전화 070-7857-9719 | **경영지원** 02-3409-9719 | **팩스** 070-7610-9820

•바른북스는 여러분의 다양한 아이디어와 원고 투고를 설레는 마음으로 기다리고 있습니다.

이메일 barunbooks21@naver.com | **원고투고** barunbooks21@naver.com
홈페이지 www.barunbooks.com | **공식 블로그** blog.naver.com/barunbooks7
공식 포스트 post.naver.com/barunbooks7 | **페이스북** facebook.com/barunbooks7

ⓒ 맥켈란, 2023
ISBN 979-11-93341-13-1 03810

딩크

맥켈란
작가

엄마는 자식 없는 딸이 혹시라도
혼자 추레하게 혼자 늙을까 걱정이 태산이다.
가는데 순서 없다고 그럴 수도 있다.
인생은 팔자다.
흘러가는 대로 긍정적으로 살면 된다.

"넌 내 아픈 손가락이야"
"딱 하나 부족한데..."
"남자가 바람피운대"

Prologue

열무야. 하루야.

안녕? 엄마야. 세상의 공기도 온기도 느껴보지 못한 채 떠나간 우리 아가들. 너희에게 행복을 안겨줄 수 있는 하늘나라가 있다면 참 좋겠다.

시험관 시술로 임신을 했지만 두 아이를 보냈다. 다낭성난소증후군으로 난임이었기에 여성전문병원을 찾아 난자를 채취했고 건강한 난자 2개를 얼렸다. 내 나이 서른다섯. 운이 좋게도 착상에 성공했고 첫째가 열무 둘째는 하루라는 태명을 철없이 지어줬다.

임신 7주 차 콩알만 한 열무의 심장은 뛰지 않았다. 반년을 아무 생각 없이 흘려보냈고, 남아 있는 냉동 난자를 자궁에 이식했다. 고맙게도 착상에 성공했지만 여성전문병원을 졸업하는 임신 12주 차 초음파 때 하루는 돌연변이라는 판정을 받았다. 심장이 점점 커져서 터져버리는. 태어나도 삼 일을 버티지 못하고 숨을 거둘 아이. 유도분만으로 자궁에서 나온 뜨거운 핏덩이는 차갑게 식어갔다.

내 나이 이제 마흔. 다행인 건지 야속하지만 시간이 흘러 성별만 알았던 두 아이는 꿈에 나오지 않았고, 아주 가끔 세수하다 울만큼의 상처로 남았다.

우리 부부가 그린 결혼생활에는 아이가 없었다. 일명 DINK(Double Income No Kids), '무자식 상팔자'라는 세상과는 다른 신념을 갖고 돈 벌면 여행을 다니고 글을 쓰는 인생을 살자는 꿈을 안고 서른한 살 스물여덟 살 부부는 신나게 하와이로 신혼여행을 떠났다.

아침이 반가운, 저녁이 아쉬운 충만한 인생을 누렸다. 우리 부부는 서로의 다름을 인정하고 집착이 없다. 개별적인 존재로 태어난 우리는 자신과 불화하지 않고 살지 않도록 스스로의 삶을 각별하게 보살펴야 됨을 안다. 지극한 자기애.

자유롭게 뛰어놀다가 덫에 걸려 넘어졌다. 친정 오빠가 첫 조카 태양이를 낳고 엄마의 외손주에 대한 집착은 시작됐다. 이유가 어이없는데 짠하고 화가 난다.

'자식이 없으면 남자가 바람을 핀다'라는 낡고 힘이 없는 가치관은 순애보 사랑꾼 남편을 욕하는 독한 말이기도 하다.

결국 엄마가 자처한 마지막 숙제를 해주기로 했다. 가장 큰 이유는 조카 태양이다. 그 아이를 보고 있으면 사랑한다는 얘기도 보잘것없었고 나 자신이 더 건강해져야겠다는 책임감이 생겼다. 그렇게 엄마 손 잡고 난임 전문의를 만났고 과배란 주사 부작용, 유산, 낙태로 무너진 2년을 숨만 쉬고 살았다. 아침도 저녁도 더 이상 반갑지도 아쉽지도 않은 텅 빈 하루였다.

시련을 겪으며 남편과는 더욱 단단해졌고 서로에게서 연민이 자랐다. 따뜻하고 듬직한 오빠 덕분에 하루가 금세 행복으로 가득 찼고 '우리는 딩크다'라는 신조는 부부 인생에 또렷이 박혔다.

세상은 참 요지경이다.
아이를 낳고 싶어도 임신테스트기 한 줄을 볼 때마다 무너지는 민지, 계획에 없던 셋째를 낙태하는 혜원. 젊을수록 슬퍼진다. 돈이 없어서 신혼집도 겨우 마련한 청춘들은 자녀 계획을 접거나 최대한 미루는 현실이다.

연애 5년 결혼 12년 차. 열무, 하루 엄마로 잃어버린 2년을 살아온 딩크족 작가가 힘을 빼고 자신을 담는 에세이.《딩크》가 자녀 계획이 없거나 고민에 빠져 있는 독자들에게 솔직한 대답을 찾아가는 데 도움이 되는 책이 되면 술맛 나겠다.

DINK Prolrogue @맥켈란

Contents

Epilogue

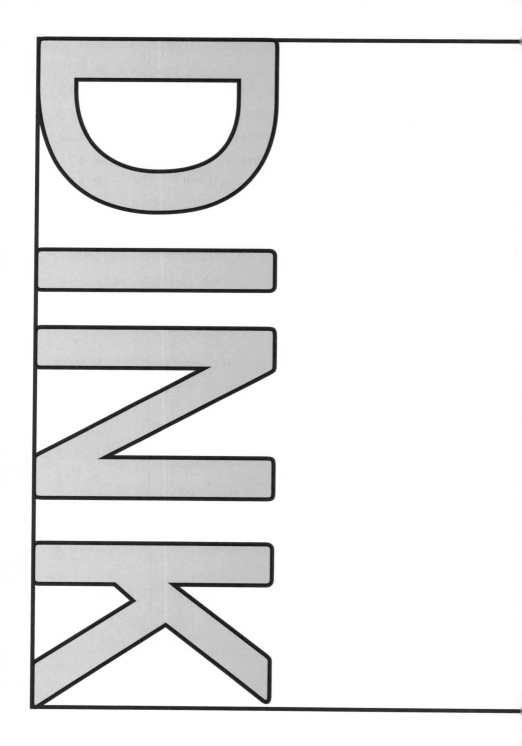

청춘일지

뽀뽀를 하면
아이가 생긴다고요?

초등학교 시절 오빠와 나 @맥켈란

초등학교 6학년 때 옆 반 남자친구와 사귀었다.

박종하라는 착한 이름을 가진 친구는 당시 아역 배우로 활동할 할 만큼 잘도 생겼다. 누구와도 잘 어울리는 친구는 인기도 많았다. 종하

14

는 내 단짝 한나와 헤어지고 나와 놀았다. 초등학생의 사랑은 소꿉장난.

심심했던 여름방학이었나 보다. 나와 종하를 포함한 초등학생 커플 여섯 명이 우리 집에 모였다. 부루마블을 하고 놀던 순진한 꼬마들 중 한 명이 당시 유행어였던 "우리 심심한데 뽀뽀나 할까?"라는 농담을 던졌다.

귀엽고 순진한 발상인데 이 땅 저 땅 사며 신나게 게임하던 여섯 명의 시간에 슬로가 걸렸다. 서로 눈치를 보며 "너희 커플이 먼저 해 봐"라고 미루는데 안 하겠다고는 안 한다.

그까짓 것. 종하의 하얀 두 손을 잡은 나는 눈을 감았다. 옆에 있던 대성이가 "10초 센다!"라며 까불댔다. 뽀뽀라고 하기에도 민망한. 입술 박치기였다. 금세 분위기가 어색해져 억울하게 우리 커플만 뽀뽀하고 파했다.

초등학생에게 뽀뽀는 결코 가볍지 않았다. 퇴근 후 귀가한 엄마에게 쪼르르 달려가 이실직고했다. 리액션 부자 엄마가 화들짝 놀라며 던진 말 한마디에 막내딸은 울음보가 터져버렸다.

"큰일 났네. 이제 우리 딸에게 아기 생기겠네"

이때부터였다. 임신이라는 개념이 머릿속에 생겨난 게.

28년간 순결주의자를
고집했던 이유

"손만 잡고 잘래요" 했던 억울한 청춘아 @맥켈란

연애 5년 결혼 12년 차 남편이 첫 남자다. 첫사랑도 있고 손을 잡고 뽀뽀를 했던 건강한 청년들을 미련 없이 만나왔지만, 성관계를 맺은 건 오빠가 유일하다. 지금 생각해 보면 왜 그랬을까. 싶다. 억울한 사연 속에는 상처를 받은 어린 소녀가 있다.

중학교 1학년 사춘기 때다.

HOT 오빠들을 좋아했고 이성친구에게 잘 보이려고 거울을 자주 보고 교복 치마를 줄여 입었다. 같은 아파트 단지에 살아서 매일 등하교를 같이했던 효정이는 털털하고 예쁘장한 친구였다.

이성친구들과도 격 없이 지낸 효정이 주변에는 영호, 영수, 영철, 상철이가 맴돌았다. 워낙 선머슴 같았던 나 역시도 '효정이와 아이들'과 놀이터도 가고 노래방도 가곤 했다.

쩽한 여름이었다.

집에서 티브이를 보고 있었는데 벨소리가 울려 나가 보니 효정이었다. 빵빵하게 부은 얼굴로 나를 보자마자 울음보를 터트렸다. 어안이 벙벙해 무슨 일이냐고 묻자 돌아온 대답에 말문이 막혔다.

"나 임신했대"

임신은 엄마들이 하는 줄만 알았던 열네 살 소녀에겐 내일 지구가 멸망한다는 말보다 순 엉터리 같은 소리로 들렸다.

사연은 이렇다. 효정이와 사귀었던 인기 많았던 육상부 사내가 자신의 집이 비었다며 친구를 초대했는데, 힘으로 제압을 당해 성폭행을 당했다고. 이후 생리도 안 하고 입덧을 해 산부인과를 가봤더니

17

뱃속에 생명이 있다는 진단을 받았다.

효정인 아무에게도 말할 수 없었다. 엄마 아빠에게도 선생님에게
도 그 개새끼에게도. 결국 낙태수술을 결심하고 돈이 필요해 남자친
구에게 임신 사실을 털어놨다. 알음알음 사이에서 겨우 모은 수술비
로 아이를 보냈다. 첫 번째 아이.

이해할 수 없었지만 안타까웠다. 효정인 다른 남자친구들과도 집
이나 비디오방에서 몸을 섞었다. 두 번째 아이 세 번째 태아도 허망
하게 수술실 봉지에 버려졌다.

세상에는 비밀이 정말 없나 보다.
학교에서 동네에서 효정이는 '걸레'로 불렸다. 우리 엄마까지 나에
게 사실 여부를 물었을 정도니까 말 다했다. 화가 났다. 당한 건 친
구인데 사회 시선은 '여자아이의 잘못된 행동거지'로 효정일 쏘아봤
다. 결국 전학을 간 효정이. 상처투성이가 된 친구와는 그렇게 연락
이 끊겼다.

미숙한 성교육도 미성년들의 임신과 낙태, 입양 사건을 일으키는
데 한몫했나 싶다. 양호 선생님마저 부끄러워하며 보여준 콘돔, 유
교 문화답게 제작된 비디오. 기억나는 건 정자와 난자뿐이다.

못 배워 무지한 혈기왕성한 십 대들을 뉴스에서 자주 볼 수 있었다. 가장 충격을 받았던 보도는 여중생이 학교 화장실에서 출산을 했다는 뉴스였다. 국가도 사태의 심각성을 각성했는지, 구성애 상담사가 TV만 켜면 나왔다.

친구의 낙태는 스스로 순결주의자로 만들었다. 성인이 되고 사랑을 하면 잘 법도 한데, 여행을 가서도 '무조건 더블룸!', '묻지 마 내 알몸!' 그렇게 건강한 청년들을 여럿 보냈다.

정신적 상처를 뜻하는 트라우마(Trauma)는 오래도 참아왔던 남편과 결혼식을 올린 후 허무하게 깨져버렸다. 남자마다 다~ 다르다는 친구들 말에 격하게 공감하고 싶어도 이제 그럴 수 없고 그러면 나쁜 년이다.

흔히 부르는 요즘 MZ.
'선섹후사'가 유행이란다. 썸을 탈 때 먼저 잠자리를 해보고 서로 만족하면 사귄다는 뜻이다. 피임만 잘한다면 현명한 생각일 수 있겠다는 부러운 1인.

정거장과 이화동

맑았던 고등학교 1학년 시절 등굣길이 설레었다.

매일 아침 8시쯤 집 앞에서 버스를 타면 다섯 정거장을 지나 이화 동에서 석이 오빠가 버스에 오르면 오늘 하루도 럭키다.

종로구 혜화동에 있는 혜화여고를 다녔는데, 이성에 눈을 뜰 수 밖에 없는 최적의 입지였나 싶다. 앞뒤로 남고가 두 군데. 방과 후 HOT 오빠들이 자주 와서 유명해진 분식집을 시작으로 오락실 노래 방 카페 대학로 놀거리. 통금시간이 유일한 18 청춘의 제약이었다.

석이 오빠는 길 건너 마주한 동성남고에 다녔고, 고등학교 3학년 수험생이었다. 당시 활동했던 학교 동아리 '한별단'에서 주최한 대면식에서 석이 오빠를 보고. 아니 정확히 말하면 살짝 스쳤는데 심장이 뭉클했다.

여름 교복이 잘 어울렸던 석이 오빠는 지루하지 않게 생겼다. 차분한 분위기를 가졌지만 친구들에게 다정했고 한 번씩 짓는 미소가 무지개다. 밝고 예뻐서 '석멍'하게 돼버린다.

서클 선배도 짝사랑했던 분이라 고백도 못 하고 가슴앓이를 시작했다. 종일 석이였다. 국어 선생님이 들어와도 수학 선생님이 출석을 부를 때도 담임 선생님이 종례를 할 때도 내 시간은 오빠에게 갇혔다. 사라져 주라 좀.

밤새 끙끙대는 가슴앓이는 멈출 수가 없었다. 학교 가는 버스 안에서 어쩜. 운명인가. 인연일까. 매일 만나. 자연스럽게 오빠가 이화동 주민이란 걸 알게 됐고, 버스 제일 뒷자리에 앉은 채 반듯하게 서 있는 오빠의 옆모습을 몰래몰래 훔쳐봤다.

비가 톡톡 내리는 날이었다. 뭐 이 정도야 맞아도 될 듯싶어 우산 없이 버스를 탔고 날이 흐려서였을까. 빗줄기가 그어지는 창문에 기댄 채 스르륵 잠에 빠졌다. 톡톡. 빗소리가 아니다. 누군가 내 어깨를 두드렸다. 눈 떠보니 앞에. 어머. 석이 오빠다!

"이제 내려야 해요" 오빠가 웃는다.

두리번두리번. 학교 앞 정거장이다. 그렇게 나란히 둘이 내렸는데, 하늘이시여! 고맙게도 비는 그치지 않았고 우산 없는 내게 키다리 우산을 편 오빠가 옆에 섰다. 아직도 그때를 떠올리면 꿈결인가 싶다. 다정한 오빠는 학교 앞까지 바래다주었고 내 마음은 더 커져버렸다.

그 후 오빠랑 버스에서 만나면 가볍게 목 인사하는 정도만큼 귀여운 사이가 됐다. 끝내 고백은 하지 않았다. 나름대로 최선을 다해 짝사랑했다. 비가 내리는 날이면, 오빠가 살고 있는 이화동 구석구석을 뒤졌다. 우연히 오빠와 마주칠 수도 모른다는 기대는 매번 꺾였다.

오빠 찾아 헤맸던 소녀의 밤들 @맥켈란

정거장에서 추억을 담은 처음이자 마지막 짝사랑은 졸업을 했고 더 이상 버스에서 볼 수가 없었다. 매일 밤 많이도 울었고 매일 아침 설레던 뒤늦은 사춘기.

TOY 김형중 오빠가 부른 〈그랬나봐〉를 참 많이도 들었던 시절이었다.

많은 친구 모인 밤 그 속에서
늘 있던 자리에 네가 가끔 보이질 않을 때
내가 좋아했던 너의 향길 맡으며
혹시 니가 아닐까 고갤 돌려 널 찾을 때
우연히 너의 동넬 지나갈때면
어느새 니 얼굴 자꾸 떠오를 때
그랬나봐 나 널 좋아하나봐
하루하루 니 생각만 나는걸
널 보고 싶다고 잘할 수 있다고
용기내 전활걸고 싶었는데
그게 잘 안돼 바보처럼

입을 떼지 못한 바보는 어느새 동갑내기 남자친구가 생겨 손깍지 끼고 대학로를 누볐다. 오빠 잘 지내시죠? 가슴앓이 감사합니다. 근데 오빠도 알고 있었죠? 자꾸 웃어서 무너지고 행복했어요.

23

캐나다 어학연수와
첫사랑

봄날. 포근해 보이는 두 사람 @맥켈란

헤어지고 나서 알았다. 사랑이었단 걸.

대학교 2학년 여름방학 때 캐나다 앨버타 주 에드먼턴으로 어학
연수를 떠났다. 부모님 품 안에만 있다가 처음으로 스스로 살아보는

특별한 경험이었다. (자아 독립 만세) 하늘을 비스듬히 날아오른 비행기는 21시간 만에 에드먼턴 국제공항에 착륙했다.

낯선 타지에 두 발을 내디딘 서투른 스물한 살 동양인. 겁이 나기보다는 설렘이 컸던 기억이다. 국내 유학원에서 연결해 준 홈스테이 집주인이 'KATE'(당시 영어 이름이다)라는 글씨가 적힌 종이를 들고 마중 나와 있었다. 몸과 짐을 실은 폭스바겐 세단은 한 시간쯤 달려 영화 '나 홀로 집에' 케빈이 나와 인사를 건넬 것 같은 2층 주택가 앞에 멈췄다.

현관을 열고 집에 들어서자 집주인은 지하로 나를 데려갔다. 계단을 내려가 들러본 공간은 방 2개 욕실 1개 거실 1개로 혼자 지내기에 제법 컸고 햇빛이 아쉬웠다. 자정을 넘긴 늦은 밤이었다. 짐을 대충 풀고 챙겨간 팩 소주를 빨며 솟아나는 잡생각들을 지우며 지새운 밤이었다.

다음 날 아침이 밝았다. 홈스테이 가족과 첫 인사를 나누는 날이자 때마침 크리스마스였다. 특별한 인상을 주고 싶어 "메리 크리스마스"라고 적힌 미키 마우스가 산타 모자를 쓰고 있는 티셔츠를 입고 계단을 올랐다.

'아차' 싶었다. 1층 입구에서 158cm 내 키 반만 한 부처님 불상에서 향이 피어오르고 있었다. 인도 스리랑카에서 이민을 온 홈스테이 가족의 종교는 불교. "메리 크리스마스!"만이라도 외치지 말걸. 분위기는 순간 머쓱해졌고 어제 마중 나온 아저씨가 서둘러 가족 소개를 했다. 아주머니와 고등학교에 다니는 사춘기 딸, 초등학교 졸업을 앞둔 귀여운 여자아이와 가볍게 통성명만 하고 야채 카레를 나눠 먹었다.

조용한 아침 식사를 마치고 서둘러 나갔다. 앞으로 1년 동안 다닐 에드먼턴 주립 대학교 어학원에 입학 신청을 하기 위해 버스 정거장으로 향했다. 서둘렀지만 서두르지 않았다. 노선도를 재차 확인하고 버스를 타서 정확히 학교 입구에서 내릴 수 있었고, 짧은 영어로 물어물어 어학원 교무실 문을 두드렸다.

준비해 간 서류들을 내고 입학 신청을 무사히 마친 후, 잠깐 숨 좀 돌릴 겸 중앙에 위치한 기다란 의자에 앉아 주변을 살펴봤다. 키가 제법 큰 동양인 남자가 시야에 들어왔다. 시멘트벽에 붙어 있는 학교 소개와 역사 글들과 사진들을 둘러보던 남자를 보며 학우가 될지도 모르겠다는 생각이 들어 반가웠다.

눈이 마주쳤다. 가운데 의자에 비스듬히 앉아 있는 내 주변을 빙빙 돌던 그는 한참을 말없이 나만 바라봤다. 마음은 왜 졸이었던 건데. 그러더니 어느새 내 앞으로 다가와 다정한 목소리로 입을 떼며 참 따뜻하게도 미소를 지었다.

26

"Where are you from?"

두 사람 모두 한국인이었다. 낯선 땅이어서 더욱 그랬는지 우리는 금세 친해졌고 매일 매일 손깍지 끼고 다니는 사이가 됐다. 세 살 많은 스물네 살 상연 오빠는 중국 영화배우 이연걸을 닮아 뚜렷한 눈 코 입을 가졌고, 마음은 봄을 닮았다. 포근하고 향기롭다.

입학시험 성적이 달라 아쉽게도 같은 클래스에 내정 받지 못했지만(오빠가 우수하다) 학교 수업을 마치면 매 순간 함께했다. 돌이켜보니 반듯하고 건강한 연애 시절이었다. (안 그래도 될 걸, 놀 걸) 학교 앞 단골 카페에서 샌드위치와 카페라테로 가볍게 식사를 하고 도서관에 자리를 잡고 영어 문장을 쓰고 외웠다. 교내 헬스장을 찾아 함께 트레이드 밀에 올라 영어로 대화를 나누며 뛰던. 픽픽 웃었던 기억이다.

서로 한결같았다. 오빠는 매일매일 내 가방을 들어줬고 자신의 하숙집보다 한 시간가량 더 가야 하는 스리랑카 2층 주택까지 바래다줬다. 불평 한마디 없이 늘 따뜻했던 고마운 사람이다. 반면 난 오빠에게 박했다. 애교도 없었고(술 마시면 조금 아지랑이 나듯 생기긴 했다) 오빠의 배려와 선물이 당연하다고 생각했던 이기적인 여자친구였다.

"옆모습만 보여주지 말고, 예쁜 앞모습으로 바라봐주면 좋겠다"

집에 가는 버스 안에서 오빠가 뱉은 한마디. 지금 생각해 보면 오래 고민하고 마음속을 뒤져서 꺼낸 진심이었겠다. 싶다. 내 사랑이 들킬까 봐 쑥스러워 무뚝뚝했고 모질게 굴었다. 어리석은 사랑이었다. 첫 문장처럼 헤어지고 나서 알았다. 사랑이었단 걸.

주말까지 데이트를 했기 때문에 추억이 겹겹이다.

가장 기억에 남는 순간은 하얀 눈이 무릎까지 쌓인 겨울 오후, 오빠와 나란히 걸어가다 발견한 오로라(우주에서 지구로 유입되는 하전 입자들이 고층대기의 기체들과 충돌하며 빛을 내는 신기루 같은 현상이다). 인디언핑크, 코발트블루, 그린올리브로 묘하게 알록달록해진 하늘은 말없이도 사랑이 깊어지기에 충분했다. 럭키였고 러브였다.

첫 키스를 나눈 건 만난 지 200일째 되는 날. 풋사랑이었다.

가수 휘성이 부른 리메이크곡 〈일생을〉을 함께 들으며 와인을 마셨던 늦은 오후였다. 충만한 날이었지만 아쉬운 밤이었다. 내가 신청한 휴학 기간이 끝나 한국으로 먼저 들어가야 하는 시간이 다가와서다. "키스해도 돼?" 멍청이. 그걸 왜 물어. 고개를 끄덕였고 포갰다. 사랑이었다.

한국행 비행기에 오르기 전 한 달간 캐나다 주요 도시를 가로 지르는 횡단 여행을 떠났다. 오빠와는 첫 여행지인 밴쿠버와 빅토리아 섬까지 함께 하기로 했다. 5만 원이나 하는 맛없는 감자탕을 먹어도 행복했고 내 몸만 한 갈매기 떼들이 달려들어도 마냥 신이 났다. 어느새 오빠와 '안녕' 하고 다음 도시인 오타와로 향하는 버스를 타야 할 시간이 왔다.

오빠의 동그란 두 눈에 그렁그렁 물이 맺혔다. "바람나면 절대 안 돼!" 나를 아프게도 안고선 두툼한 편지봉투를 건넸다. 전날 밤 나도 오빠에게 장문의 편지를 썼는데 우리 통했다며 배낭 앞주머니를 뒤져 두 손에 쥐어졌다. 그렁그렁 눈물은 흘렀고 버스에 올라탄 무심한 여자친구는 창밖에서 손을 흔드는 남자친구가 보이지 않았을 때부터 펑펑 울었다.

우연히 본 첫사랑이 먹었던 토스트와 바나나우유 @맥켈란

100일이 지났다. 오빠가 오는 날 인천 공항에 마중을 나갔다. 두 근 반 세 근 반.

출국 게이트에서 나와 날 발견한 오빠는 만개한 미소로 뛰어오더니 포근히 안아줬다. 오빠의 두 눈은 여전히 반짝거렸다. 사랑의 온도는 더 따뜻해져서, 대학교 4학년 2학년 커플은 어린 햇살 아래서 뛰어놀았다.

사랑의 시작은 타이밍이라는 말이 있다. 우리의 마무리도 서로 달라진 시간에서 끝이 났다. 졸업을 앞둔 오빠는 취업 준비에 돌입했고 토익 토플학원과 스터디 활동으로 얼굴을 볼 수 있는 날이 줄어들었다. '여의도 금융맨'이 되고 싶다는 오빠의 꿈을 응원했고 마침내 이뤘다.

직장만 들어가면 예전처럼 오빠를 자주 볼 줄 알았다. 웬걸. 여의도에 힘들게 입성한 신입 청년은 점점 시들해져 갔다. 월화수목금 야근에 주말이면 녹초가 되어 여자친구를 보러 꾸역꾸역 나왔다. 꾸벅꾸벅 졸거나 힘이 없는 모습을 보면 함께 있어도 외로운 시절이었다. 결국 오빠는 내 생일까지 잊어버리고 야근을 했다. 전화나 문자도 없이.

팡. 참아온 섭섭한 감정이 터졌다. 생일날 밤 이별을 고했고, 오빠는 "미안해. 정말 미안해. 잘 지내고"라는 말로 헤어짐을 받아들였다. 붙잡지 않아서 더욱 서운하고 기분 더러운 그 날, 단짝 친구 애경이를 붙잡고 한참 울었다. 어떻게 사랑이 변하니!

　1년 후다. 운이 좋아 대학교 3학년 가을에 어릴 적부터 꿈꿔온 기자가 됐다. 첫 직장은 국민일보. 상연 오빠가 야근을 하고 있을 여의도에 회사가 위치해 있어서 첫사랑 생각이 났다. 잘 지낼까? 우연히 볼 수 있을까? 막상 자본주의에 뛰어들어 돈을 벌어보니 세상이 참 얄궂고 짤 없다. 주 5일 새벽 3시까지 술을 마시는 미생이 되어보니 당시 오빠가 이해가 됐고 짠했다. 연애는 사치가 되는 시절.

　우연일까. 인연일까.
　선배들과 식사를 하고 회사로 들어가는 횡단보도 앞이었다. 길 건너 이삭 토스트집이 있었는데 익숙한 실루엣이 허겁지겁 토스트와 바나나우유를 먹고 있었다. 상연 오빠다. 배고픈 걸 못 참곤 했는데 여전해서 반갑고 귀여웠다. 팔뚝까지 걷어 올린 흰 셔츠에 버건디색을 입은 넥타이를 맨 모습을 보니 '여의도 금융인'이 다 됐다. 조금은 야윈 듯 보였다. 그래도 끼니는 잘 챙겨 먹는 거 같아 다행이다. 싶더라.

　모른 채 지나갔다.
　그래야만 할 것 같아서. 상연 오빠와의 추억은 오로라다. 아름답기만 하고 신기루 같은 기억이다. 부디 행복하고 건강하길. 안녕. 나의 첫사랑.

베이징 시장 딸에게
고백 받다

첫사랑을 만났던 캐나다에서 보낸 1년은 호시절이었다. 〈꽃보다
남자〉 주인공 금잔디로 살았다. 다만 구준표와 사랑에 빠지지 않았
을 뿐.

스물한 살 겨울 휴학을 하고 캐나다행 비행기에 겁도 없이 올랐다.
출국장 입구에서 막내딸 가득 안으며 울지 않으려고 목소리를 떨었
던 엄마가 자꾸 떠올라 옆에 떠 있는 순두부 같은 구름마저 슬퍼 눈
물이 났다.

엄마 생각은 찰나였다.
캐나다 앨버타 주 에드먼턴 국제공항에서 나와 마신 낯선 공기는

아직도 생생하다. 영하 오십 도를 넘나드는 추위였지만 바람이 불지 않아, 오리털 점퍼 하나면 상쾌 유쾌하게 겨울을 즐길 수 있다. 지구인들이 겨울에 로키산맥을 찾는 이유가 이해됐다.

처음 들이마신 공기로 기분이 들떴지만 처음 마주한 인도 스리랑카 가족들은 기운마저 가라앉게 했다. 정말 해도 해도 너무했다.

어학연수 기간 동안 머물 홈스테이는 한국 유학 전문 학원과 에드먼턴 주립 대학교에서 운영하는 어학원이 연계해 준 곳이다. 신뢰를 안고 찾아간 집은 시련을 줬다. '우리 친하게 지내요' 정은 바라지도 않는다. 충분한 비용을 지불했지만 학대고 폭력이라고 느낄 만큼 냉정했고 지독했다.

십 대 두 딸을 키우는 부부. 아저씨는 자신이 글로벌 자동차 기업인 폭스바겐에 다닌다며 자랑을 했고 전업주부 아주머니는 웃는 법을 모르는 듯했다.

2004년에 한 달 하숙비가 80만 원으로 적지 않은 돈이었다. 햇빛이 들지 않는 공간만 커다랗고 추운 지하방에서 지새운 첫날밤은 한국에서 챙겨 온 팩 소주로 위안이 됐다.

다음 날부터는 보드카가 필요했다. 무표정을 일관하는 아주머니가 요구하는. 아니. 따라야 하는 원칙들이 자꾸만 늘어나 매일 숨죽여 우는 가난한 밤을 보냈다.

우유 하루 한 컵.
수건 일주일에 한 장.
샤워 하루에 한 번.
도시락 식빵 두 장과 사과주스.
귀가시간 6시.
집에 머물 땐 되도록 지하방에만.
친구들 방문 금지.
저녁 식사 스스로 해결하기.

하다하다 못해 아침으로 내어준 음식은 전날 밤 스리랑카 가족들이 먹고 남긴 차갑게 마른 치즈 피자를 먹기 일쑤였다.

더 이상 참지 않았다.

한 달 동거 기간이 끝나갈 시점 홈스테이 연계와 관리를 담당하고 있는 관계자를 찾아가 억울한 사연을 털어놨다.

"Unbelievable"

그간 견뎠던 경험을 털어놓자, 켈리(관계자 이름)가 한 손으로 입을 막으며 뱉어낸 한마디에 참았던 눈물이 쏟아졌다. 엉엉. 꺼이꺼이. 끽끽. 딸꾹질까지 하며 한참 울었다. 아이처럼.

휴지를 건네고 등을 두드려 준 고마운 켈리는 타지에서 처음 만난 빛이었다. 진작 찾아올걸. 그녀는 학교 교무처에 스리랑카 가족을 고발했고(영영 홈스테이 사업 금지당함. 사이다) 일주일 후 내 거처는 따뜻한 캐나디안 가족 집으로 옮겨졌다.

캐나다에서의 행복을 빈다는 켈리가 소개해 준 집은 캐나다 국적을 가진 가족이다.

엄마 미쉘은 그린올리브 눈동자를 가진 삼십 대(추정)로 쿨한데 따뜻했다. 민머리가 매력적인 아빠 리킥은 매일 날 웃겼다. 직업이 라디오 디제이. 네 살배기 딸 브루클린은 인형처럼 예뻤고 골든리트리버 한 마리가 온기의 정점을 찍었다.

브라보 캐나다 라이프가 열렸다.

첫사랑도 감사한데 아시아 재벌 2세들이 나를 무척이나 아꼈다.

중국 베이징 시장 첫째 딸로 태어난 다섯 살 터울 언니 퀸과 태국 왕실 왕자와 사귀었다던 태국 수상 외동딸 까리따와 매일 놀았다.

중국 경제 도시 상하이에서 아빠가 자동차 회사 5개를 운영하고 있다는 한 살 어린 류시앙에게 귀엽고 수줍은 고백을 받았다. 흔들리지 않았다. 첫사랑과 한창 아름다울 시절이었고, 류시앙은 내가 감당하기엔 너무 120kg.

포기를 몰랐던 스무 살 재벌 2세는 매일 아침 자동차를 끌고 집 앞으로 와 등교를 함께 해주는 고마운 친구였다. 한 번은 아무 이유 없이 나를 위한 홈파티를 성대하게 열었다. 귀엽게 내 첫사랑만 초대장을 못 받았다.

부자는 부자구나.

류시앙은 에드먼턴 다운타운 중앙에 높다랗게 서 있는 아파트에 혼자 살았다. 친구들과 엘리베이터를 타고 올라가자 두 볼이 발개진 류시앙이 나를 보자마자 웃었다. 퍽 귀엽다.

방 7개. 욕실 2개. 널따란 거실과 부엌. 비어 있는 방이 5개였고 화장실이 더러워 몰래 놀랐다. 거실 식탁에는 출장 뷔페가 다녀갔는지 육류부터 해산물, 스낵까지 다양한 음식들과 와인들이 가지런히 놓여 있었다.

이유가 없는 줄 알았는데 있었다.

먹고 마시며 보드게임을 하며 한창 파티를 즐기고 있었는데, 류시앙이 꽃다발과 작은 선물상자를 들고나오더니 다시 고백타임.

몇몇 한국 유학생 오빠들은 '중국의 공주'가 될 수 있다며 장난기 섞인 말투로 류시앙을 응원했다. 취해서 철없이 던져진 농들에 류시앙은 내심 기대하는 눈빛으로 나를 바라봤다. 또 거절했다. 따뜻한 순애보를 알기에. 빨리 식을 수 있도록 나름 고민해서 뱉은 배려의 한마디.

"First love will last forever"

귀여운 류시앙이 가끔씩 그립다.

퀸과 까리따, 류시앙처럼 함께 놀던 친구들은 대부분 대단한 집안이었다. 대만 정치계 상위 서열 계급을 부친을 둔 학우는 북한 김정일 위원장과 식사를 했던 적이 있다 했고, 테니스광이었던 슬로바키아 부자 친구는 늘 캡 모자를 거꾸로 쓰고 다녔다.

호시절이자 '금잔디'였다.

'한국에서 온 평범한 서민'이라며 돈을 아끼라는 친구들은 내 주머니를 꿰맸다. 덕분에 엄마가 보내준 용돈을 모아 한 달간 캐나다 여행을 할 수 있었다.

중국은 식문화도 대륙답다. 남길지언정 요리와 주류를 풍성하게 주문해서 즐긴다. 식사 대접은 물론, 선물도 많이 받았다. 쇼핑몰에 가면 옷과 운동화를 사줬고 뮤지컬 콘서트 티켓을 줘서 문화를 즐길 수 있었다.

시계는 멈추지 않는다.

가족 품으로 돌아가기 전에 (엄마 몰래) 캐나다 횡단 여행을 두 달 동안 준비했다. 옷들과 생활용품은 캐나다 올 때 가져온 이민 가방에 구겨 넣어 국제 우편으로 미리 한국으로 보냈다.

1m 되는 기다란 가방에 필요한 짐만 차곡차곡 넣으니 여행 준비 끝!

빅토리아 섬까지는 첫사랑과 동행하기로 했고, 넘치는 온정을 베풀어준 친구들과 마지막 식사를 했다. 여행을 떠나기 바로 전날 밤이었다. 특히 날 예뻐해 줬던 베이징 시장 딸 퀸이 호텔 룸을 예약했다며 자신과 밤새 이야기를 나누자 해서 흔쾌히 끄덕였다.

"I love you. I'm actually a lesbian"

생전 처음 와 보는 호텔 스위트룸을 벙벙히 둘러보고 있던 난 퀸에게 들은 고백과 커밍아웃에 어안이 벙벙.

놀랐지만 말없이 웃었다. 그리고 한참 듣기만 했다.

중국 상위 정치계 집안에서 두 딸 중 첫째로 태어난 퀸은 부모님이 하라는 대로 자라 온 꼭두각시였단다. 공부도 직업도 결혼까지 정해준 남자와.

사랑은 없지만 우정이 자라난 남편의 직업은 의사였는데, 캐나다 대학 병원 전문의로 발탁돼 이민을 오게 됐다. 부부는 사이가 좋지만 잠자리를 하지 않았고 '딩크'였다. 불행하게도 남편은 퀸이 동성애자인 걸 아직 모르고 몰랐으면 좋겠다고. 영영.

퀸은 첫눈에 내게 반했단다. 제일 큰 이유는 자신의 친동생과 생김새가 많이 닮아서다. 떨어져 있는 자매에 대한 그리움을 내게서 찾았고 함께 시간을 보내면서 사랑이 점점 커져갔단다.

내겐 마냥 너그럽고 활짝 이었던 퀸의 모습들이 뭉게뭉게 떠올라 눈물이 차올랐다. 혼자 얼마나 꿍꿍 앓았을까. 사랑 없는 결혼생활은 얼마나 외로울까. 짠해서 폭 안아줬던 밤이었다.

네 삶을 살았으면 좋겠다고. 웃고 있는 퀸만 기억에 남길 거라고. 부디 건강하고 행복하길. 안녕.

한국으로 돌아오고 일주일이 지났을까.
퀸과 까리타가 보낸 편지와 추억이 담긴 사진들을 받아볼 수 있었다. 한동안 주고받았던 엽서들. 영원한 건 없듯이 조용히 소식도 끊겼다.

호시절을 누렸던 캐나다에서 매일이 파티였다 @맥켈란

웃고 울었던
캐나다 횡단 여행기

아주 멀리까지 가 보고 싶어

그곳에선 누구를

만날 수가 있을지

아주 높이까지 오르고 싶어

얼마나 더 먼 곳을

바라볼 수 있을지

작은 물병 하나 먼지 낀 카메라

때 묻은 지도 가방 안에 넣고서

언덕을 넘어 숲길을 헤치고

가벼운 발걸음 닿는 대로

끝없이 이어진 길을

천천히 걸어가네

멍하니 앉아서 쉬기도 하고

가끔 길을 잃어도

서두르지 않는 법

언젠가는 나도 알게 되겠지

이 길이 곧 나에게

가르쳐 줄 테니까

촉촉한 땅바닥 앞서 간 발자국

처음 보는 하늘 그래도 낯익은 길

언덕을 넘어 숲길을 헤치고

가벼운 발걸음 닿는 대로

끝없이 이어진 길을

천천히 걸어가네

새로운 풍경에 가슴이 뛰고

별것 아닌 일에도

호들갑을 떨면서

나는 걸어가네 휘파람 불며

때로는 넘어져도

내 길을 걸어가네

작은 물병 하나 먼지 낀 카메라

때 묻은 지도 가방 안에 넣고서

언덕을 넘어 숲길을 헤치고

가벼운 발걸음 닿는 대로

끝없이 이어진 길을

천천히 걸어가네

내가 자라고 정든 이 거리를

난 가끔 그리워하겠지만

이렇게 나는 떠나네

더 넓은 세상으로

캐나다에서 즐겨 마셨던 아이스 와인 @맥켈란

가수 김동률의 〈출발〉은 캐나다를 가로지르는 횡단 여행을 하는 동안 내내 들었던 노래다. 아주 멀리까지 더 넓은 세상을 천천히 걸어갔던 '뚜벅이' 배낭여행은 지금도 회상하면 생생한 순간들이었다. 참 많이 웃기도 또 울기도.

　한 달 동안 캐나다 주요 도시를 밟아볼 계획을 세웠다. 시외를 누비는 '그레이하운드' 고속 저가버스 티켓을 발권했고 저렴한 게스트하우스를 예약했다. 커다란 배낭 하나를 메고 첫사랑과 에드먼턴 버스 터미널에서 기다란 차량에 올랐다.

'에드먼턴-밴쿠버-빅토리아

아일랜드-오타와-캘거리-토론토-퀘벡-몬트리올'

　나 홀로 해외여행은 처음이라 서투를까 봐 겁이 났지만 신이 났다. 밴쿠버와 빅토리아 아일랜드까지는 첫사랑과 동행을 하기로 해서 든든했다.

　밴쿠버는 한국인들에게 가장 익숙한 도시이다. 여행과 이민을 많이 가는 이 도시는 캐나다에서 세 번째로 큰 지역으로 북미대륙의 북서부 가장 위쪽 해안에 위치해 있다. 에드먼턴에서 출발한 버스는 2시간을 달려 밴쿠버 고속 터미널로 들어갔다.

에드먼턴이 강릉이라면 밴쿠버는 서울이다.

도심답게 빌딩들이 즐비했고 가볼 만한 관광지가 많았다. 스탠리 파크, 그랜빌 아일랜드, 밴쿠버 개스타운, 밴쿠버 캐나다 플레이스, 밴쿠버 잉글리시 베이, 키칠라노 비치 등 계획된 일정 안에서 다 돌 수는 없었다.

가장 좋았던 기억은 푸릇푸릇한 스탠리 파크.
시내 한복판에 자리 잡은 커다란 공원을 첫사랑과 함께 자전거로 돌며 누볐다. 나란히 달리며 서로 바라보고 웃고. 그늘진 나무 아래 비스듬히 누워 책을 읽는 학생, 손을 잡고 오순도순 산책하는 노부부에게서 평온한 기운을 받았다.

배가 고파 찾아간 한인 타운은 한국이었다.
다양한 한식 음식점은 물론 미용실, 부동산, 세탁소, 한인 마트가 여러 개 있었고, 캐나다에서 한국인을 제일 많이 본 곳이기도 하다. 영어 배우기가 목적이라면 밴쿠버는 아닌 듯싶었다.

물가는 에드먼턴 2배. 당시 주문한 감자탕 소자가 5만 원으로 '장사꾼들!'이라고 속으로 욕하며 맛있게 배불리 먹었다. 가난한 여행객은 부지런해야 한다. 그레이하운드를 타고 빅토리아 아일랜드로 향했다.

45

와. 갈매기.

타조만큼 큰 갈매기 떼들이 서울역 비둘기처럼 많아서 겁이 좀 났다. 섬답게 자연이 아름다운 아일랜드였다. 다운타운에서 버스로 40여 분 소요되는 테티스 레이크를 찾았다.

초록을 입은 풍성한 나무들이 커다랗고 잔잔한 호수를 두르고 있었다. 파라솔과 튜브, 피크닉 용품을 준비해 주변에 자리를 잡고 물놀이를 즐기는 사람들. 카약이나 패들보드 위에서 신나게 노를 젓는 청년들.

바라보기만 해도 가슴이 열렸다.

아쉽지만 단벌 여행객이라 발만 살짝 담그고 상연오빠와 호수 산책길을 돌며 많은 이야기를 나눴다. 야속한 시간. 게스트하우스에서 하룻밤을 보낸 후 날이 밝았다. 첫차를 탈 계획이라 서둘러 배낭을 메고 나오느라 이별이 실감 나지는 않았다.

캐나다 수도인 오타와로 향하는 버스가 정거장에 도착해 있었다. 이제 첫사랑을 보내고 스스로 여행길에 나서야 하는 순간. 오빠의 동그란 두 눈에 그렁그렁 물이 맺혔다. "바람나면 절대 안 돼!" 나를 아프게도 안고선 두툼한 편지봉투를 건넸다.

전날 밤 나도 오빠에게 장문의 편지를 썼는데 우리 통했다며 배낭 앞주머니를 뒤져 두 손에 쥐어졌다. 그렁그렁 눈물은 흘렀고 버스에 올라탄 무심한 여자친구는 창밖에서 손을 흔드는 남자친구가 보이지 않았을 때부터 펑펑 울었다.

빅토리아 아일랜드에서 오타와까지 가려면 꼬박 하루가 걸린다. 숙박비를 아낄 수 있었고 간간이 들린 휴게소에서 사 온 빵과 우유, 초코바로 허기를 채웠다. 디저트로 청량한 새벽 공기를 마시고 '웃차!' 기지개를 피고 들어와 버스에 올랐는데, 파란 눈을 가진 백인 청년이 옆 좌석에 앉았다.

"Your brown eyes are beautiful"

불쑥 들어온 칭찬에 고맙다 했다. 사람에 대한 경계와 벽이 없었던 난 그 친구와 별 이야기들을 쏟아내며 도착지까지 갔다. 이름은 기억나지 않는 백인 친구는 캐나다에서 태어나 자랐으며 엄마를 찾기 위해 오타와에 간다고 했다. 버스에서 내리면 점심 식사를 함께 하자고 해서 흔쾌히 손가락으로 동그라미를 그렸다.

터미널 근처 이탈리안 레스토랑에 들어가 파스타와 피자를 나눠 먹었다. 그릇들이 비워질 때쯤 친구가 조심스럽게 물었다. "엄마 찾아 오타와" 하자고. 버스가 다음 목적지로 출발하는 시간이 꽤 남았고 무거운 배낭도 터미널 사물함에 보관해 몸도 홀가분해 가볍게 또 동그라미를 그렸다.

동그라미가 일그러졌다.

앞장서서 친구가 데려간 골목은 위험한 지역의 대명사로 일컬어진, 영화에서만 봤던 할렘이었다. 음식점이 있던 오타와 다운타운은 평범한 도시였는데, 좁은 골목길만 건넜을 뿐인데 완전 다른 세상이었다.

동공이 풀린 채 바닥에 누워 주사기를 자신의 팔에 꽂은 사람들. 대마초와 마리화나를 피우며 도박을 하는 흑인들이 평범해서 눈에 띄는 동양인 여자아이를 쏘아봤다.

친구는 내 손을 잡고 더 깊숙이 들어갔는데, 하얀 모자를 쓴 간호사들이 마약에 찌든 환자들을 돌보느라 애쓰고 있었다. 애간장이 타 들어 갔고 순간 '도망쳐야 해!'라는 생각이 번쩍 들었다.

친구 손을 뿌리치고 들어왔던 길로 냅다 달렸다. 돌이켜 생각해 보면 초인적인 힘이 아니었나 싶다. 입술을 꽉 물고 두 눈을 부릅뜬 채 온 힘을 다해 다리를 굴려서 골목길을 빠져나왔다. 멈추지 않았다. 뒤돌아보지도 않고 오타와 버스 터미널까지 그대로 달렸다.

사물함에서 배낭을 찾고 나서 그대로 주저앉았다. 보거나 말거나 펑펑 울었다. 눈물범벅이 될 정도로 서럽게. 흐르는 콧물을 닦지도 않은 채 더럽게. 그 와중 정말 신기한 경험이었다고 스스로 감탄했던 나. 청춘을 살고 있었다.

그때서야 눈에 들어온 버스에 적힌 문구는 아직도 잊을 수 없다.

"저소득층이 많이 이용하는 그레이하운드 터미널 주변 지대는 우범지대이니 웬만해서는 밤에는 가지 말고 낮에도 주의를 하라"

평화로운 캐나다에도 할렘은 있다 @맥켈란

이렇게 또 배운다.

로키산맥이 있는 캘거리에 도착했다.

북극 다음으로 큰 빙하지대인 컬럼비아 아이스필드를 포함해 천혜의 자연을 자랑하는 밴프 국립공원을 보자마자 엄마 아빠가 보고 싶었다. 황홀해서 홀리는 자연을 보여주고 싶었다.

가족 대신 에드먼턴 어학원에서 친하게 지낸 상철 오빠를 로키산맥 전망대에서 만났다. 할렘을 다녀온 후라 정말 반가웠다.

속상한 사연을 들은 오빠는 여행 제대로 하고 있다며 응원을 해줬고, 눈앞에 펼쳐진 하늘을 뚫을 기세로 서 있는 봉우리들을 보며 컵라면과 소시지를 나눠 먹었다.

3시간 정도 트레킹 했던 '베리에 호수'는 다양한 색을 입고 있었다. 마치 첫사랑과 함께 봤던 오로라의 호수 버전이랄까. 핑크, 블루, 그린 다채로운 물결들이 일렁이고 있었다. '돈 많이 벌어서 부모님 모시고 와야지!'라는 기특한 생각을 했던 시간이었다.

상철오빠와 '안녕'을 하고 토론토로 향하는 버스에 올랐다.

막바지 여행지였던 토론토는 제1 금융 도시 만큼 길고 검은 빌딩 숲속 근사한 정장을 입은 백인들 사이를 터벅터벅 걸었다.

빌딩 유리문에 반사된 내 모습을 보고 갑자기 울음이 터졌다. 몸만한 커다란 배낭을 짊어지고 까맣게 탄, 멸치처럼 마른 동양인 꼬마.

체력은 바닥을 때렸고 정신은 진작 가출한 상태. 세 살 아이처럼 엉엉 꺼이꺼이 소리 내어 딸꾹질이 나올 정도로 오열했다.

스마일을 선물해 준 흑인 오빠 고마워요! @맥켈란

그때, 누군가가 내 등을 툭툭 쳤다. 민소매 농구 유니폼을 입고 목에 금목걸이를 두른 흑인 오빠. 하얀 치아가 다 보이도록 씩 웃더니 말을 건넸다.

"Hey~ Smile!" ☺

한마디는 나를 흔들어 깨웠다.

외로운 마음을 위로받으니 다시 강단이 생겨나 씩씩하게 앞으로 걸어나갈 수 있었다. 그제야 파랗고 하얀 하늘이 눈에 들어왔다. 운동화 끈을 단단히 묶었다.

토론토는 부자 동네였지만 내 주머니는 가난했다. 종일 걸어 허기지고 지쳐 있었지만 잠을 잘 수 있는 침대 한 칸과 컵라면이면 충분했다. 청춘이었다.

낡긴 했지만 예약한 유스호스텔은 쓸모없는 공간이 없었다. 여럿이 함께 자는 2층 침대들만 가지런히 모여 있던 객실. 공동 샤워실과 화장실, 부엌이 마련되어 있었다.

고맙게도 부엌에는 딸기잼과 버터, 인스턴트커피가 작은 바구니에 섞여 담겨 있었다. 기다란 선반 위에는 전자레인지와 커피포트가 있었다. 소형 냉장고에는 호스텔에 다녀갔던 여행객들이 나눔으로 두고 간 콜라와 닥터페퍼가 감사하게도.

녹물이 나왔지만. 며칠만의 호사냐며 욕실에서 차가운 물로 벅벅 씻고 배낭에 들어 있던 먹다 남긴 식빵 봉지와 컵라면을 꺼내 공동 부엌으로 향했다.

햄버거와 버드와이저를 먹으며 저녁 노을을 바라보고 있는 커플을 만났는데, 영국에서 왔단다. 한 달 전쯤 캐나다로 여행을 온 두 사람은 나이아가라 폭포를 보고 경계에 마주하고 있는 미국 뉴욕으로 넘어간다고.

부러웠다. 함께 걷고 쉬고 길을 잃어도 무섭지 않을 연인이. 또 시원하게 마시고 있는 버드와이저에 시선이 자꾸만 갔는데 눈치챘는지. 부러운 마음이 금세 고마운 진심으로.

건네준 버드와이저 한 병은 종일 걸어 두 발에 얹어진 벽돌을 가볍게 날려 버리기 충분했다. 당시 캐나다에서 버드와이저는 900원이었지만 가난한 여행객에겐 사치였다.

차라리 물을 사 먹지.

손에 쥐고 있던 짜장 라면을 보냈다. 아껴온 짜장 맛이라 아쉬웠지만 버드와이저에 비하면 단무지. 두 사람은 바로 물을 끓여 한 면발하더니 한국에 가보고 싶은 맛이랬다.

다음 날 아침 나이아가라 폭포까지 함께 여행을 했다. 캐나다와 미국 국경에 걸친 북미에서 가장 큰 폭포이다. 저세상 힘으로 강렬하게 쏟아지는 대자연을 "우와 우와" 하면서 보고 있는데, 로키 산맥에서 생각났던 가족들이 또 보고 싶어졌다.

배우 공유와 김고은보다 먼저 다녀왔다. 뿌듯. 김은숙 작가가 집필
한 드라마 〈도깨비〉 촬영지로 유명한 퀘벡에서 보낸 시간은 드라마
틱했다.

쁘띠 프랑스로 유명한 퀘벡 언덕에 지어져 있는 주택들은 하늘색
분홍색 파스텔을 입었다. 영어보다는 불어를 자주 들을 수 있었고
길거리에는 와인을 병째 들고 마시며 떠드는 청년들이 가득했다. 진
정한 자유고 한량이었다.

맛있는 파스타와 와인 @맥켈란

걷고 굶었던 한 달이 후회되지 않았다. 아니, 스스로 대견했다. 아낀 여행비를 털었다. 퀘벡에서 제일 비싼 호텔을 찾아가 방을 잡고 샴페인과 파스타를 룸서비스로 주문해 한없이 한바탕 놀았다.

여정의 마침표는 퀘벡 인근에 있는 대도시 몬트리올에서 찍었다. 이유는 단순했다. 비슷한 시기에 난 에드먼턴으로, 대학 동기는 몬트리올로 떠나며 서로를 응원했다.

룸메이트와 함께 산다는 친구는 함께 사는 홍콩에서 온 유학생에게 양해를 구하고 날 집으로 초대했다. 알려준 주소로 무사히 찾아가 벨을 눌렀다. 두근두근.

친구를 보자 웃었지만 그녀는 '무슨 일'이냐며 민망하게 놀랐다. 아끼고 안 쓰며 캐나다의 여름을 횡단한 가난한 여행객은 체중이 십 킬로 이상 빠졌고 피부가 까맣게 그을렸다.

짠했는지 친구는 우선 먹자며 몬트리올에서의 추억은 먹은 기억뿐이다. 살찌워준 고마운 친구와 함께 맞을 3학년 1학기를 기약하며 한국으로 돌아왔다.

공항 출국장에서 조마조마 기다린 엄마는 처음에 1년 전 보낸 딸을 알아보지 못했다.

"엄마…"

무슨 일이냐며 빈약한 몸뚱이인데 세게 등짝 맞았다.

몬트리올에서 자주 먹은 커피와 케이크 @맥켈란

남자는
많이 만날수록 득이다

"돈과 남자는 많을수록 좋다"

스물이 된 딸에게 엄마가 인생을 알려줬다. 부모님이 자영업자여서 돈의 가치와 자본주의에 대해 일찍 깨우쳤다. 부부는 돈 때문에 싸웠고 또 행복해했다.

많이 만나볼수록 좋은 짝을 찾는다는 신조를 가진 엄마는 본인 바람대로 딸을 여대에 보냈다. 넘치는 사랑을 받고 자란 막내는 엄마 말을 잘 들었다.

참. 많이도 만났던 청춘이었다.

종하, 경태, 승환, 성현, 병태, 석호, 동현, 승재, 병현, 상연, 덕재, 윤민.

승환 2. MBN(직장만 기억난다). 끝사랑이자 평생짝꿍 형선.

사랑은 상연이었고 형선이다.

물론 사귀었던 남자들과의 아름답거나 지질했던 추억을 잊을 수 없다. 엄마 말 듣길 참 잘했다. "남자는 다 똑같아", "남자는 애 아니면 개"라는 말들이 있는데 남자마다 다 다르고 많은 유형을 만나봐야 나와 맞는 성향을 찾을 수 있다.

첫사랑과 남편은 참 많이 닮았다.

청춘일지 4편에 캐나다 어학연수 시절 만났던 첫사랑에 대한 추억을 담았고 남편과 보낸 시절과 러브스토리는 앞으로 주구장창 쓸 테니.

이번 청춘일지 편에서는 때론 귀엽거나 간지럽고 가끔 귀찮거나 짜증 났던 맥켈란의 남자들과의 연애담을 풀어내려 한다. 맥주와 땅콩 준비!

꽃다발을 안고 반듯한 교복을 입은 피부가 유난히도 하얀 소년이

여대 입구에 서 있다. 지나가는 누나들이 보내는 따스한 시선이 부담이었는지 쭈뼛쭈뼛하는 모습이 귀엽다.

고등학교를 졸업하고 대학교 입학하기 전에 만났던 한 살 어린 병태는 중학교 동창과 격 없이 지낸 동생이었다. 이상형이라며 날 쫓아다니는 태권도를 배우는 건강한 아이가 풋풋해 사귀었다.

어리고 건강한 남자친구와 보낸 시절은 건전했다. '누나'와 '병태야'로 서로를 호칭해서 그런지, 이성보다는 동생 같았고 손을 잡거나 뽀뽀를 해도 전혀 설레지 않았다.

내 인생 처음이자 마지막 연하남과는 대학교 새내기가 되면서 안녕했다. 연애를 하고 싶어 착한 병태에게 거짓말을 했다.

"누나 유학 가" 못됐다.

여자만 모여 있는 대학교였지만 남녀공학보다 남자 만날 기회가 우수했다.

동아리와 전공학과 선배들이 참 고마운 시절이었다. 일주일에 월수 금은 미팅 소개팅, 격주로 다른 대학교 공대생들과 조인 엠티를 갔다.

한양대학교 기계공학과에 다녔던 석호를 만난 건 새 학기 봄에 대성리로 떠난 엠티 때였다. 체크무늬 남방만 고집하는 대부분의 공대생과는 달리 버버리 셔츠로 멋을 냈고 짙은 눈썹이 남자다웠다.

느낌이 왔다. 석호는 자꾸만 내게 시선을 보냈고 우린 말 한마디 없이 마지막 짝짓기 게임에서 서로에게 손가락을 보냈다. 당시 석호를 향한 검지들이 많아 어깨에 힘이 실렸다. 내 남자야.

스무 살 봄날은 아름다울 줄만 알았다.

동갑내기 석호와 매일 만났던 만큼 자주 싸웠다. 이유는 생각이 나지 않는데 사소한 거였겠지. 화가 나서 "헤어져!" 했는데 그래 했다.

기분 좀 나쁘게 웃긴 건 한 달쯤 후인가? 같이 남이섬으로 커플 여행을 가서, 나와도 안면을 튼 석호 고등학교 동창 여자사람친구랑 사귀고 있더라. 서툰 만큼 가벼운 연애였다.

고등학교 때 자주 노래방과 독서실을 다니며 우정을 다졌던 영웅이가 홍익대학교 축제 때 키 작은 친구와 함께 왔다.

엄마 아빠의 권유로 재수를 하고 있다는 동현은 성북구 성북동에 살고 있는 부잣집 도련님이었다. "오는 남자 막지 말자"를 외쳤던 청춘은 걷다가 손을 잡은 키 작은 친구의 손을 더 꼭 쥐었다.

럭셔리한 데이트였다. 운전기사님이 동행해 호텔 레스토랑에 가서 스테이크를 썰고 와인을 마셨다. 옷과 가방 선물도 많이 받았지만 마음은 가난했다.

아빠 엄마가 내어 준 길만 걷고 있던 동현에겐 동현이 없었다. 자존감이 바닥이고 꿈꿀 줄 몰랐던 스물은 만날수록 심심했고 허무했다. 안녕.

토플학원에서 다가온 덕재 오빠는 웃겼고 폼이 났다. 웃길 줄 아는 옷 잘 입는 오빠는 로맨스도 아는 콜린 퍼스 같았다.

첫 수업 때다.

"예뻐요" 바로 옆자리에 앉아 있던 덕재 오빠가 내게 건넨 첫마디다. '뭐지. 이 바람둥이 같은 대사는' 하며 고개를 돌렸는데 오빠가 입꼬리를 올리며 씩 웃고 있었다.

막 잘 생긴 건 아닌데, 눈코입이 서로 어울렸다. 뒤로 쓴 모자도 꽤 귀여워서 통성명을 했다. 우리는 수업 때마다 제일 앞에 나란히 앉아 공부하고 떠들던 학원가 공식 커플이 됐다.

오빠는 세상에서 가장 웃긴 남자였다.

하루하루가 신이 났던 시절이라, 지금도 가끔 오빠를 떠올리면 웃음이 샌다. 말장난을 잘 쳤던 오빠 손편지도 자주 써주는 로맨티시스트였다.

학원에서 벗어나 대학로에서 첫 데이트를 했던 날이었다. 카페에서 커피를 마시며 웃고 놀다가 잠시 화장실에 다녀온 사이. 내 자리에는 한 장의 엽서가 놓여 있었다.

흐릿한 기억이지만 앞으로 혜화동을 올 때마다 네 생각이 날 것 같다는, 조금은 간지러운 내용이 담긴 편지였다.

씩 웃으며 바라보자 오빠가 손을 내밀었다. "가자!" 그런데 계산대를 훅 지나가는 거 아닌가. 내가 손을 뒤로 당기자, "아. 우리가 너무나도 행복해 보여서 그냥 공짜로 주신대" 당시에 그 말을 정직하게 믿었던 나는 꽤 순진했나 보다.

간지러운 추억이 또 하나 있다.

학원에서 쉬는 시간에 잠깐 졸다가 깼는데 무릎에 신문지로 둘둘 싼 장미꽃 한 송이가 누워 있었다.

"자고 있는 네가 예뻐서 급하게 뛰어가서 사 왔어" 검지로 내 볼을 꾹 누르며 아무렇지도 않게 고백했던 오빠와 결국은 연인으로 이어지지 못한 사연이 있다.

오빠는 헤어지는 중이었다. 오랜 시간을 웃고 울고 했던 엑스 여자 친구는 오빠를 놓아주지 않았다. 전화를 받지 않으면 집 앞에 찾아와서 눈물을 쏟았다고.

사랑이었을까. 아니라고 하고 싶다.

시간이 흘러 학원을 관두고 두어 달에 한 번쯤 만나서 시시콜콜 웃고 떠드는 사이로 지냈다. 그러다 지금 그리고 평생 사귀게 될 오빠랑 만나 결혼식을 두 달 앞둔 어느 날이었다.

덕재 오빠에게 청첩장을 건넸다. 포근하게 웃으며 청첩장을 그윽하게 한참을 내려 봤던 오빠의 얼굴은 아직도 생생하다.

"축하해. 오빠가 청첩장은 가지고 갈 건데, 결혼식은 가지 않을 거야. 그리고 우린 이제 우연히 마주치자. 웃으면서 뭐 하고 살고 있는지 물어보는 거야. 내 동생. 행복하게 잘 살아"

지금까지 우연은 없었다.

남자는 팔뚝! @맥켈란

선배를 만나
다른 세상을 만나다

선배에게 뛰어가고 있는 찰나 @맥켈란

지금은 딩크지만 정크로 살았던 청춘이었다.

요즘은 페이스북, 블로그, 인스타그램 등 다양한 SNS가 있지만 2000년 초만 해도 '싸이월드'가 유일한 온라인 네트워크.

당시 아이디가 정크(JUNK)로 쓰레기란 뜻이다. 좀 유치하긴 했다. 인사이더로 활약하던 때라 나름 특이하게 보이고 싶어 지은 관종형 닉네임이다.

선배를 만나 인생이 달라졌다.

우물 안 개구리 정크는 더 넓은 세상으로 날아오른다. 남의 시선을 신경 쓰지 않고 오늘이 제일 젊은 거 마냥 자유롭고 신나게 놀았다.

선배가 찍은 나 @맥켈란

선배는 세상과 다른 눈으로 나를 바라봤고 세상과 다른 마음으로 나를 위로해 줬다. 선배를 만나 자유로운 자아를 찾을 수 있었고 철들지 않아도 된다는 괜찮은 어른이 될 수 있다는 신념이 생겨났다.

첫 직장을 그만두고 이직했던 회사는 마포구 서교동에 있었다. 입사하는 날 퇴사하는 선배와 마주쳤다. 그렇게 스치듯 인연이 시작됐다.

하얀 셔츠에 베이지 면 반바지를 입은 남자의 키는 나보다 살짝 커 보였다. 캐논 DSLR 카메라를 들고 있던 아담한 남자는 입구에 서 있는 나를 향해 셔터를 세 번이나 눌러 좀 그랬다.

선 촬영 후 인사. 지금 생각해 보면 선배다운 행동이었다. 편견과 선입견 없이. 호감이면 못 부술 벽이 없는.

선배가 찍은 나 @맥켈란

오늘이 마지막 출근이라던 선배는 좋은 직장이니까 앞으로 즐겁게 일하라며 첫 출근을 축하해 줬다. 인상이 좋아 인연이 되고 싶단다.

근처 맛있는 파스타 잘하는 음식점이 있다며, 시간적 여유가 있으면 함께 식사를 하고 싶다고 했다. 거절할 이유 없어 나란히 걸었다. 나눴던 대화가 즐겁고 단단한 가치관이 부러웠다.

그렇게 인생 사수가 되고 오랜 시간을 함께 했다.

풋내는 얕아지고 강단이 생겨났다. 세상은 틀리지 않고 다름을 인정하게 됐고 남의 시선 따위는 중요하지 않고 자신을 가장 사랑하는 청춘으로 성장했다.

선배가 찍은 나 @맥켈란

선배를 만나 글을 배웠다.

글은 호흡이 중요하다. 첫 문장이 짧았다면 다음 글을 길게 풀어내면 독자가 읽기 수월하고 깔끔해진다.

선배가 추천한 김연수 작가가 집필한 소설과 산문집을 전부 읽었다. 치고 빠지는 문장을 쓸 수 있게 됐다. 지금도 가끔 《나는 유령작가입니다》, 《지지 않는다는 말》, 《사랑이라니, 선영아》를 들춰본다.

선배와 한 언론사에 다닌 적이 있는데, 그 시절 내 주특기를 살릴 수 있었다. 인터뷰. 사람이 좋아 기자가 됐던 나는 '그들이 사는 세상'을 쓸 때 타자를 치는 손이 깃털처럼 가벼워진다.

반면 영웅으로 만들겠다는 사명감은 무겁다. 선배에게 배운 건강한 마음가짐이다. 인터뷰를 빛나게 만드는 글쓰기는 제법 어렵다.

사전 취재는 물론 녹음기가 놓인 테이블에 마주한 상대와 한 시간가량 편안하게 일상적인 대화를 나누면서 누구에게도 울림을 줄 수 있는 한 문장을 뽑아내야 한다.

선배가 찍은 나 @맥켈란

연예부 기자로 오래 일했다.

인터뷰했던 가장 기억에 남는 배우는 김하늘이다. 2010년 방영한 드라마 〈로드 넘버원〉 제작발표회를 앞두고 언론사 인터뷰와 매거진 화보 촬영으로 하루도 짧아 보였다.

여유가 있는 내가 소속사로 찾아가 막 화보 촬영을 마치고 돌아온 배우 김하늘을 만났다. 드라마 〈피아노〉에서 분한 수아 때부터 팬이었다고 하자 경계를 풀고 설레게 웃는다. 배우는 배우구나. 예쁘다.

한 시간이 야속했다. 떠들고 들떴고 어느새 하늘 언니가 되어 휴대폰 번호를 나눴고 와인 한 잔을 약속했다.

신기하게도 아직 온라인에 남아 있는 당시 인터뷰 기사다. 지금 보니 좀 부끄럽다.

선배가 찍은 나 @맥켈란

선배가 찍은 나 @맥켈란

배우 김하늘 인터뷰 당시 찍었던 사진을 디자인한 정성까지 @맥킬란

오승아가 걸어온다. 눈부신 외모, 도도하고 당찬 워킹, 화려한 패션에 시작부터 기가 죽는다. 마주 앉은 김하늘.

"예쁘다" 김하늘이 내뱉은 첫마디다. 기자의 아이폰 케이스를 들고 영롱한 눈빛으로 만지작거리며 좋아한다. 3만 원 주고 산 액세서리가 이렇게 고마울 때가. 오승아는 사라지고 〈로망스〉 발랄 선생 김채원이 등장했다.

어느 누가 감히 상상할 수 있을까. 10초마다 '빵' 터지는 헤픈 웃음과 몰랐던 세상사에 호기심 가득한 표정, 여고생들과 겨뤄도 절대 꿀리지 않는 입담을 가진 김하늘, 완전히 반했다.

소중한 가족을 떠올릴 땐 수아가 됐고 사랑을 회상할 땐 미연이 됐다. 또 미치도록 아이를 좋아한다며 들떠 있을 땐 수연이 보였다. 문득 궁금해졌다.

데뷔 전부터 이처럼 다양한 감성을 품고 있었을까. 정답은 아니올시다. 학창 시절에 내성적이었던 성격은 '연기'라는 도구를 통해 변질되기 시작했다.

연기력은 하늘이 김하늘에게 준 선물? 김하늘은 고개를 젓는다. 대본을 통해 처음 만난 낯선 인물이 되기 위해 모든 촬영을 마칠 때까지 머릿속에서 끊임없는 이미지를 그린단다.

13년 연기 생활로 노하우가 생기니 이젠 웃기도, 울기도, 화내기도 쉽다 했다.

"배고파 배고파" 뜨끈해진 보이스리코더를 끄자마자 김하늘은 배를 잡는다. 종일 진행됐던 인터뷰 탓에 허기를 꾹 참고 있던 터.

이 대목에서 김하늘이 출연했던 영화 〈그녀를 믿지 마세요〉 타이틀이 '김하늘을 믿지 마세요'로 오버랩되는 건 왜일까. 도도한 내숭녀. 대다수 팬들이 13년 베테랑 배우 김하늘에게서 느끼는 이미지다.

갑자기 콧방귀가 나온다. 때 묻지 않은 미소와 장난기 가득한 말투, 진짜 김하늘을 알았기 때문이다. 그러나. 쉽게 다가갈 수만은 없는 경계선도 있다.

진짜 배우가 해내야 할 고민과 꿈을 털어놓을 때면 방금 전까지 맴돌던 웃음기가 사라진다. 확고한 목표와 신념은 대통령 저리 가라다.

갑자기 김하늘 닮은꼴 채원이 보고 싶다. 인터넷 파일 창구에 접속, 〈로망스〉 전회를 다운로드 후 방방 뛰는 하늘을 보고 손뼉 치며 빵 터진다. 내일도 하늘이 웃겠지.

인터뷰 기사가 송출된 후 하늘 언니에게 전화가 왔다. "예쁜 기사네요. 글에서 기자님이 보여 귀엽게 잘 읽었어요" 피드백에 눈물 났다. 당시 꿈처럼 현재 딸을 낳고 행복을 일구고 있는 하늘 언니. 와인 언제 마셔요?

인생 선배와 만난 놀던 청춘 시절 @맥켈란

인생 선배와 만난 놀던 청춘 시절 @맥켈란

인생 선배와 만난 놀던 청춘 시절 @맥켈란

인생 선배와 만난 놀던 청춘 시절 @맥켈란

선배는 사진을 남기고 떠났다.

"네 사진만 천 장 넘을걸" 더 이상일 수도 있다. 선배의 뮤즈였던 시절. 함께 여기저기도 잘도 다니며 사진을 찍었다. 찍히는 일은 꽤 귀찮았지만 잘 찍으니까. 즐거운 귀찮음이었다.

필름 사진이 주는 매력에 홀려 월급 털어 라이카 필름 카메라도 샀다. 찍고 바로 확인할 수 없고 필름의 종류와 나이에 달라지는 아날로그 감성이 좋았다.

자유로운 영혼으로 매일 쓰고 마시던 청춘이었다. 다름을 인정하고 가치관이 맞는 사람들과 어울렸고 좋아하는 인터뷰 기사를 쓰기 위해 참 많이도 만났던 시절이었다. 길을 알려준 고마운 선배였다.

떠났다. 내가 선배를.
선배와 가끔 연락만 하고 조금 만나 놀았다. 그사이 나는 결혼을 했고 몇 년 후 선배가 불러 다시 펜을 잡았다.

한량으로 청춘을 함께 놀았던 선배는 꼰대가르송.

"그건 네 생각이고!" 자기 말이 곧 법이라며 짜증 섞인 화를 뱉기 일쑤. 얼굴에 여유를 찾아볼 수 없었다. "돈도 안 되는 것들!"이라는 말로 후배들 가슴을 꼬집었다.

자본주의의 노예. 흔히들 말하는 꼰대가 되어 있었다. 인격이 점점 못생겨지더니, 결국 선배는 갱년기 말기 시한부 꼰대가 됐다. 너무 나도 속상했고 그리웠다.

선배 기억나세요?

가족이라도 가치관이 다른 자와는 같이 갈 수 없다고. 행운을 행복을 빌게요. 감사했어요. 안녕.

삶을
대하는 태도

걸음마를 떼고 예쁜 길만 걸어왔다.

생활력 강해 스무 살부터 사업을 시작해 자수성가한 엄마는 배우고 싶은 건 뭐든 가르쳤고, 캐나다 어학연수에 결혼할 때까지 뒷바라지 마다하지 않으셨다.

한량인 아빠는 유독 막내딸을 예뻐해 잠을 잘 때도 배에 올려놓고 주무시고, 엄마 몰래 모은 비상금을 오빠 몰래 내게만 주곤 하셨다.

사랑을 많이 받아 밝은 아이로 자랐다.

학창 시절에 쉬는 시간이면 전교생과 교무실이 놀이터였다. 마당발이라 학급 반장도 도맡았다. 친구들에게 웃음을, 선생님들에게 칭찬을 받는 내가 되고 싶었다. 공부도 잘하고 운동도 잘하고 인기 많은 에이스.

탄탄대로였다.

내신이 제법 좋아 수시로 대학에 쉽게 합격했고, 초등학교 3학년 때부터 꿈이었던 기자가 됐다. 일도 술도 담배도 연애도 여행도 정말 이제 진부해할 정도로 다 했다.

결혼은 내 인생의 꿈.

인터뷰를 인연으로 만난 완벽한 세 살 오빠와 5년 연애 그리고 결혼 12주년 차다. 독립과 동시에 난 자본주의에서 해방됐고 딩크족이라 깃털이었다. 친정은 살림살이와 결혼식 준비, 시댁은 집과 차, 신혼 초반 생활비까지 챙겨주셨다.

인상 구길 일 없이 상팔자로 살았으니 낙천적이고 이상적이다. 남편도 그저 해맑고 성실해 다툴 일 없고 우리 집은 희망차다. 감사한 삶이다. 땅에 떨어진 열매를 주워 먹으며 걸어온 길이다.

자!

그럼 난 이제 내일을 어떻게 살아가야 할까?

고민이 없으니 생각 없이 살았다. 그런데 최근에 부쩍 빨리 친해진 한복집을 하는 예쁜 동생이 내게 숙제를 줬다. 동생은 모르겠지만.

경남 진주에서 상경해 종로, 청담 한복집을 다니다 2년 전에 은평구에 자신의 가게를 연 기특한 친구다. 똑 부러질 것 같은 첫인상과 다르게 보면 볼수록 여리고 유리 같다. 이상적이고 자존감도 있다.

최근 건물주와 갈등이 있었는데 그 문제를 해결해 가는 과정에서 고민이 깊었단다. 동네 친구들은 법적인 조항들을 찾아주며 현실적인 대안을 권했지만, 정윤인 좋게 풀어나가고 싶었다.

그러던 와. 중. 에.

현실적인 게 뭔가요? 인 나를 만났고 자신만이 이상적인 사람이 아님을 고로 자신은 이상한 사람이 아님을 깨닫게 됐다고. 답을 찾고자 두서없이 고른 책들도 끊었단다.

'그녀에게 마음의 평안이 찾아왔으니 된 걸까?'란 물음이 생겼다. 자본주의는 치열하다. 어느 누가 악바리 같이 살고 싶어서 매일 같이 지옥철을 타고 고작 천 원 오른 소주값에 절규하는 인생을 견뎌내고 싶을까.

삶에 대한 태도.

이상적이고 건강하게 자존감을 지키고, 유연하게 현실적일 필요가 있다. 현실적인 게 나쁜 말이 결코 아니다. 내 것 아닌 남의 것을 탐하지 않고, 상대방과 함께 금전이든 공익이든 마인드든 시너지를 낼 수 있다면 얼마나 아름다운 자본주의가 될 수 있을까. 쉽지는 않겠다.

중요한 건 자아에 대한 집중이다.

욕심을 버리고 여유를 갖자. 통장에 100이 있으면 거기에 맞게 1000이 있으면 또 거기에 맞게 소소하게 살면 그만이다. 억이 있으면 한바탕 재미나게 노는 거지. 제일 무서운 건 빚. 이건 피할수록 삶의 질이 달라진다.

한 번뿐인 인생. 치열해지진 말자. 가면을 왜?

여유와 생기 있는 하루를 보내면 그만이다.

오빠와 연애했던 꽃다운 시절 @맥켈란

친구가 좋아하는 노을 맛집 해방촌 @맥켈란

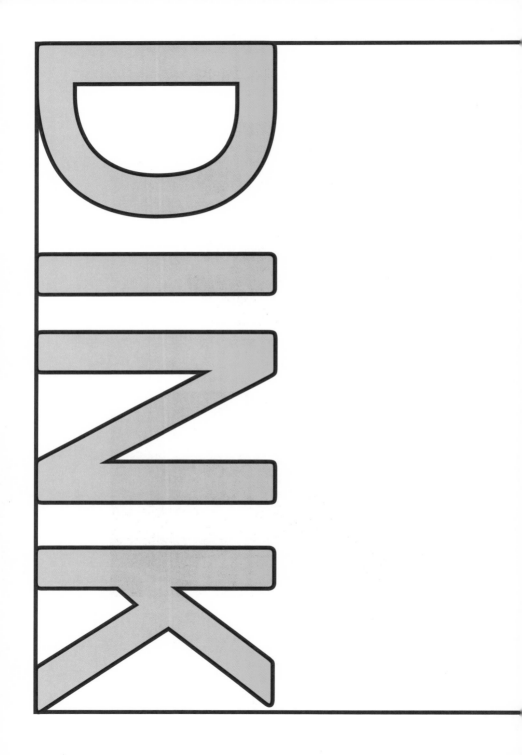

결혼일지

남편과의
첫 만남

평생 짝꿍 남편과는 일로 만난 사이다.

캐나다 어학연수를 다녀와 대학교 2학년 때부터 '잡코리아'에서 출판하는 잡지 《캠퍼스몬》 대학생 기자로 1년 동안 활동했다. 주로 인터뷰를 담당했다.

2007년 3월 어느 날이다. 글로벌 게임 '리니지'로 유명한 '엔씨소프트'에서 주최한 공모전에서 최우수상을 받은 팀과 그룹 인터뷰를 진행했다.

한양대학교 강의실에 남학생 다섯 명과 여학생 한 명이 옹기종기 모여 있었다. 수상을 축하한다는 인사를 하고 6인과 마주 앉았다.

따로 준비해 간 캠코더 ON 버튼을 누르고 인터뷰를 진행했다. 모인 입은 6개인데 한 사람만 목소리를 냈다. 지금의 남편이다. 그래서인지 대부분 시선과 말들이 오빠와만 오고 갔다.

첫인상이 예뻤다.

꿈이 많은 청년이었고 중저음 목소리 톤이 포근한데 남자다웠다. 체격도 크고 흰 피부에 잘도 생긴 오빠였다.

캠코더 OFF 버튼을 누르고 좋은 기사로 보답하겠다는 인사를 하고 짐을 챙겼다. 강의실을 나가려는데 오빠가 가로막았다.

"미인이세요"

"..."

"예쁜데 귀엽고 미소가 아름다우세요. 일도 열정적으로 하시고 옷도 잘 입고. 반했습니다"

"..."

"저도 이런 적은 처음이라. 따로 연락드려도 될까요?"

"좋아요"

오빠의 용기가 싫지 않았다. 신기한 건 고백을 하는 오빠를 보면서 '이 남자와 오래오래 알고 지내겠구나'라고 들었던 생각이 아직도 생생하다.

사실 당시 난 'MBN'에 다니고 있는 키 190cm 열 살 연상 오빠와 만나고 있었는데, 끝물이었다. 만난 지 100일 만에 프러포즈와 결혼 이라니. 이별을 고할 날만을 꼽고 있던 중 용기 있는 잘생긴 남자가 나타났다.

요즘 말로 환승연애. 쉬지 않았던 연애였고 청춘이었다.

다음 날 바로 연락이 와 약속을 내일로 잡았다.

강남역 근처 '지오다노' 앞. 귀여운 캐릭터가 그려진 흰 그래픽 티 셔츠에 청바지를 입고 나이키 조던 운동화에 검은색 백팩으로 단장 한 오빠가 서 있었다.

첫인상만큼 예뻤다.

오빠가 친구들과 가봐서 괜찮았다던 호프집에 가서 치맥 했다. 세 살 많았던 스물일곱 살 오빠는 게임회사 인턴을 시작한다고 했다. 생맥주 500cc 한잔을 비운 오빠가 조심스럽게 물었다.

"남자친구 있어요? 없으면 저 어때요?"

"있어요"

"…아 …그러시구나"

"헤어질 거예요. 결혼하자고 해서요"

다시 살아난 오빠가 거든다.

"스물네 살인데 결혼이라니 너무 아까운 나이에요. 빨리 헤어지세요"

결국 'MBN' 남과 안녕했고 용기 있는 오빠는 날 꼬셔 손을 잡고 뽀뽀를 했다. 24짤 27짤 풋풋했다.

우리 오빠는 매력이 참 많다. 다만 단 한 가지 이유로 네 번 헤어졌다가 다시 만났다.

노잼.

정말 너무너무 재미가 없다. 개그를 모르고 센스가 없어도 너무 없었다(열변). 농담을 해도 진심으로 받아들여 속상해하고. 현타가 오면 정이 뚝 떨어져서 헤어져!

나도 참 못됐다. 근데 오빠가 다녔던 게임회사에서 '제일 심심한 사람' 1등으로 뽑혔다고 좋아하는 오빠를 보며 성질날만했다.

덩그러니.

오빠의 빈자리는 컸다. 일주일도 못 참고 다시 오빠에게 문자를 보내 단골 맥주집에서 다시 만났다. 언제 그랬냐는 듯 늘 환하게 웃으며 오빠가 네 번 같은 말을 했었다.

"네가 돌아올 줄 알았어"

오빠를 생각하며 쓴 러브장 @맥켈란

오빠를 생각하며 쓴 러브장 @맥켈란

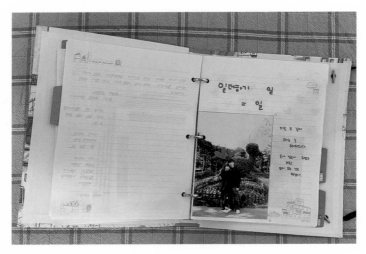

오빠를 생각하며 쓴 러브장 @맥켈란

오빠를 생각하며 쓴 러브장 @맥켈란

미생 시절 오빠는 한줄기 빛이었다 @맥켈란

해가 뜨면 집 앞에 오빠가 서 있었다 @맥켈란

연인을
키웠던 남자

오빠는 드라마 〈나의 아저씨〉에 등장하는 인물 박동훈과 닮았다.
세상에 동훈만큼 뭉근한 남자가 있을까.

동훈은 매일 오가는 출퇴근길 버스 정류장에서 볼 수 있는 평범한
사람이지만, 그 누구에게도 찾아보기 힘든 성실함을 보여주는 인격
을 가지고 있다.

순리대로 인생을 살아가며 절대 모험하지 않는 안전제일주의. 근
데 반해서 사귄 스물네 살 여자친구는 극 중 지안처럼 무모하고 겁
이 없다.

세상에 내 편 없다는 21세 지안은 슬프게도 일찍 어른이 됐지만 난 나 밖에 모르는 철없는 24세를 살고 있었다.

'나의 오빠'는 날 지안처럼 돌봐줬다. 동훈이 그랬듯이 묵묵히 든든하게.

용기 있는 오빠가 나를 얻었다. 사귀고 나서 얼마 지나지 않아 오빠는 분당에 있는 한 게임회사에 입사했다. 당시에도 취업난이 심했는데, 사원증을 목에 건 우리 오빠 섹시했다.

열정이 닮은 커플이었다. 대학생 기자 활동 기간이 끝나고 다른 대외활동을 알아보고 있었는데, 오빠가 본인 회사 인턴을 뽑고 있다고 이력서를 넣어보라고 권했다.

운이 좋게 일곱 명 안에 뽑힐 수 있었고, 게임 안에 골칫거리 버그를 잡는 QA팀에 오박사(인턴 동기)와 함께 배정받았다.

QA는 한마디로 막일이다.

게임이 출시되기 전 일정 수준 품질이 될 수 있도록 다양한 테스트와 검수 작업을 하는 분야이다.

게임에서 자주 발생하는 문제는 무엇인지, 유저들이 올리는 문제점들을 체크한다. 게임이 출시된 이후에도 일은 끝이 없다. 발생할 위험요인을 찾아내고 수정사항이 제대로 반영됐는지 검수도 필요하다.

나는 게임의 재미를 모르는 아이였다. QA팀원들이 하는 주요 업무는 근무 시간 내내 게임을 하며 분석하는 일인데, 모니터 앞 내 눈은 뱅글뱅글 돈다.

애사심이 대단한 선배들이었다.

바깥 공기를 마실 수 있는 점심시간마저 게임하느라 맥도널드 햄버거 세트 먹기 일쑤였다. 한 달에 한 번 하는 회식 자리에서도 게임을 하며 먹고 마시거나, 다른 회사 게임에 대한 평가와 정보 교환을 하며 눈빛을 반짝인다. 진정한 게임 덕후의 세상.

인턴이라고 봐주기 없다.
야근 야근 야근 야~근. 눈 밑의 다크서클은 턱까지 내려올 기세였고 어깨와 목은 거북이가 됐다. 울기 일보 직전인 여자친구를 위해 최선의 배려를 해줬다.

강남에서 종로까지. 그리고 다시 강남을 지나 분당까지. 매일 아침

7시 30분까지 차를 세워두고 아파트 입구에서 터벅터벅 걸어오는 날 안아줬다.

당시 우리는 유치하게 비밀연애 중이었다. 오빠는 공개해도 괜찮다고 했는데, 드라마틱한 연애를 경험해 보고 싶어 쉬쉬하자고 했다.

세상에 비밀은 없더라.

퇴근하고 두 손 잡고 데이트를 하는 두 사람은 하필이면 우르르 모여서 2차를 가고 있던 회사 직원들과 마주쳤다. 빼박이다. 오히려 전화위복이 됐다. 다음 날부터 QA팀 선배들이 강행한 야근에서 해방됐다. 회사에서 오빠 평판이 좋았다.

여의도를 지날 때마다 떠오르는 첫 직장 @맥켈란

운이 좋게도 대학 졸업 전에 꿈을 이뤘다.

국민일보 쿠키뉴스팀에 합격해 인턴 기자부터 시작했다. 카메라 기자 선배들 따라 현장 취재를 나가고 기사를 썼던 뿌듯한 시간들이 었다.

다만 평일 매일 새벽 3시까지 회식.

신문 마감이 끝나면 오후 4시. 전 차장이 슬슬 일어나 직원들을 모으고 앞장섰다.

1차 삼겹살에 소맥 2차 치킨에 소맥 3차 가라오케에서 드라큘라주(레드와인과 화이트와인을 반반 섞어 원샷하면 입에서 질질 흘린다고 해서 지어진 살벌한 이름). 아이스크림으로 입가심하고 시계를 보면 새벽 3시다.

귀가해서 대충 씻고 3시간만 기절한 채 자고 일어나 바로 출근. 대환장.

스물네 살 팔팔한 나이였지만 이러다 나 죽을지도 모르겠다 싶다 했다. 막내여서 늘 끝까지 자리에 남아 있어야 했던 무게도 컸다. 끝내 못 버티고 안녕했다.

1차 2차 3차까지 회식했었던 여의도 신입 시절 @맥켈란

그사이 대학교도 졸업했고 이직하기 전까지 딴따라 백수였다. 저임금 고지출로 모은 돈 없어 엄마에게 샤바샤바 아양을 떨어 용돈을 받아 냈다. 무자식 상팔자다.

가난해진 여자친구가 가여운 걸까.

주말에 만난 오빠가 제법 두툼한 봉투를 건넸다. 새 지폐들이 가지런히 누워 있었다. 백수일 때 실컷 놀라는 고마운 오빠 덕분에 배부른 베짱이가 될 수 있었다. 매달 용돈을 주는 남자친구는 판타지였다.

오빠 덕분에 호황을 누렸던 백수 시절 @맥켈란

이직을 했는데. 하긴 했는데.

여긴 더 박하고 터졌다. 스포츠서울닷컴 연예부 선배들은 날 '뽀글이'라고 불렀다. 당시 미용실에서 디지털 파마를 했는데 약이 강했던지 컬이 너무 살았다.

여기저기서 '뽀글이'를 불렀던 시절이었다. 아침 8시까지 출근해서 자리를 정돈하고 있으면, 선임 기자 선배에게 전화가 왔다.

"뽀글아! 도착 1분 전이다. 문 열어놔라"

시작은 귀엽지.

"뽀글아! 마일드 세븐 3mm 한 갑 사 와"

"뽀글아! 세탁소에서 내 옷 좀 찾아와"

"뽀글이~ 선배들 구두 싹 모아서 구둣방에 맡기고 오거라"

글은 언제 쓰나요? 수백 번 묻고 싶었지만 닥쳤다. 빵 셔틀할 땐 대단한 칭찬을 받았던 뽀글이였다.

법인카드를 받고 회사 건물 1층에 있는 파리바게뜨에서 빵을 골라 담았다. 선배들 각자 빵 취향을 몰라서 가게 아르바이트생에게 모든 빵을 썰어서 봉지에 골고루 담아 달라 부탁했다.

소보로, 슈크림, 단팥, 맘보스 등 다양한 빵들이 조각되어 귀엽게 담긴 비닐봉지를 돌리자, 박수를 받았다. 그럴 일인가 싶었다.

"오! 뽀글이! 센스 있네. 여태 너 같은 신입은 처음이야"

그게 뭐라고 서러워 화장실 가서 조금 울었다.

프로 심부름꾼이 된 뽀글이는 기사를 쓰기 시작했다. 매일 혼쭐이 났다. 이게 낙서지 기사냐. 다시 써 와. 끙끙 고쳐 쓰고 사수 앞에 가면 다시! 다시! 다시!

아씨!

정말 외로워서 눈물샘이 느슨해지면 화장실 가서 입술 물고 악! 울었다.

퇴근을 해도 바로 회사 네트워크에 접속해 집에 가는 지하철 안에서 기사를 썼다. 노트북에 붙여진 《스포츠서울》 문구가 박힌 스티커를 본 대중들은 신기해했다. 그 힘으로 버틸 수 있었던 미생 시절이었다.

주말도 없었다.

금요일 퇴근 시간이면 팀장이 내게 신문 한 뭉텅이를 던졌다. 월요일 아침까지 필사해서 자신의 책상 앞에 두라는 어마어마한 숙제다.

가벼울 빨간 날이지만 마음은 천근만근이고 까맣다. 신문과 원고지, 필통을 가방에 구겨 넣고 오빠를 만나러 나갔다. '나의 오빠'는 묵묵히 든든하게 가방을 자신의 어깨로 옮겨 멨다.

주말 내내 카페에서 필사를 했던 시절 @맥켈란

우리 집 근처 대학로에서 매주 만났다. 맛있는 음식으로 배를 채우고, 조용한 카페 구석진 자리에서 필사적으로 필사하는 두 사람.

언제 끝나 했지만 술시(오후 7시 30분~8시 30분) 되면 마무리가 됐다. 그때부터 술 파티다. 마셔라 부어라. 눈 떠보면 월요일 아침. 엉금엉금 출근하는 미생.

허하고 고된 날이었지만 사랑과 위로로 다가온 오빠. 덕분에 존버할 수 있었나 싶다. 연인을 키운 남자는 지금도 아내를 뭉근히 키우고 있다.

여행은 취미 특기는 사랑 @맥켈란

날다 @맥켈란

먹고 마시러
세계로!

"매일 기적이고 신세계를 보는 기분이야"

예쁜 오빠가 예쁜 말만 한다. 동아리 활동을 하며 공모전에 도전을 하는 스물일곱 청년은 시간이 나면 게임만 하고 별거 없이 지냈다.

한 달간 캐나다 여러 도시를 가로지르며 여행이 주는 기운과 기분을 알게 된 스물세 살 여대생은 여유만 생기면 비행기 티켓을 발권하고 여권과 카드만 챙겨 배낭 하나 메고 떠나곤 했다.

청년은 방랑자 여자친구를 만나 지구를 돌았다. 우물 안에서 꺼내 줘서 고맙다 했던 오빠. 매번 떠나는 낯선 곳에서 아이처럼 신이 나게 놀았다. 이 맛이지.

   제주도가 처음 다녀온 여행지다.

   돌과 바람, 여자가 유명한 섬은 둘 다 처음이라 어설프게 놀았다.
'힙'한 월정리나 애월은 갈 생각도 못 했고 중문 안에서 빙빙 돌다 온
기억이다.

   세계자동차&피아노 박물관. 테디베어뮤지엄. 헬로키티아일랜드.
제주돌문화공원. 한림공원. 만장굴.

제주도 @맥켈란

누구나 처음은 서툴다. 지금은 제주도 작은 마을까지 다 알 정도지만 처음 갔던 제주는 제일 심심했지만 가장 또렷하게 기억한다.

두 밤을 지새운 남녀는 더욱 돈독해졌다.

여행을 함께 할 때 생활 리듬이 중요한데, 감사하게도 우린 '치맥 궁합'이었다. 일찍 일어나 조식을 꼭 먹는 아침형이자 계획하지 않고 아무 곳이나 다 만족하는 여행객이다.

시간만 나면 떠났던 연애 시절이었다. "시간이 금"이라는 명언을 깨달았던 시기이기도 하다.

제주도 @맥켈란

제주도 @맥켈란

우리가 처음 간 바다 건너는 태국 휴양지 푸껫이다.

하늘에 떠 있던 6시간은 마음이 들떠서인지 기내식 먹고 "여기 가자니 저기 가자니" 대화를 나누니 금방 흘렀다.

푸껫 공항에서 나오자 내리쬐는 빛줄기가 눈부셨다. 동남아는 동남아구나. 싶었다. 사전 여행공부를 열심히 해 온 오빠 덕분에 렌터카에 오르고 내리기만 했던 시간이었다.

부드러운 곡선으로 그려진 빠똥비치는 청량하고 투명했다. 해변가에서 제트스키 빌려 앞뒤로 나란히 앉아 바다 한가운데를 시원하게 그었다. 오빠 달려!

태국에서 태어난 '싱하' 생맥주는 감탄을 넘어 감동을 줬다. 물론 날씨 탓 기분 탓도 있겠지만 지금까지 마셔본 라거 중 1등이다. (한국에 돌아와 마신 '싱하' 병맥주는 싱거워서 실망했다)

휴양지 매력에 홀딱 빠진 오빠.

조식은 꼭 챙겨먹는 부부 @맥켈란

푸껫을 시발점으로 방콕, 세부, 보라카이, 하노이, 호찌민, 다낭, 코타키나발루, 홍콩, 괌, 사이판, 오키나와까지 깃발을 꽂았다.

괌 @맥켈란

괌 @맥켈란

괌 @맥켈란

괌 @맥켈란

괌 @맥켈란

괌 @맥켈란

괌 @맥켈란

괌 @맥켈란

이웃나라이자 먼 나라인 일본은 1년에 최소 세 번 갈 정도로 자주 찾았던 나라이다.

2시간 30분이면 도착해서 부담이 없다. 한때 금요일 자정에 출발해 토요일 종일 관광 후 호텔에서 1박 하고 일요일 자정에 귀국하는 '도깨비 여행'이 유행했을 정도. 어우. 빡세긴 하겠다.

우리나라처럼 일본도 도시마다 다 다르게 예쁘다.

우리가 다녀온 도쿄, 오사카, 고베, 삿포로, 홋카이도, 후쿠오카, 가고시마, 오키나와는 같은 일본인가 싶을 정도로 풍경과 정서가 다르다.

여러 도시들 중 오사카를 제일 많이 밟고 걸었다. 대학 동기이자 단짝 친구가 동경에서 유명한 건축사에 입사하기 위해 유학 생활을 하고 있어서다.

일본 @맥켈란

일본 @맥켈란

대학 졸업 후 꿈을 좇아 다시 공부를 하기로 결심한 친구는 동경이 아닌 근처 소도시인 오사카에 자취방을 구했다. 동경 월세가 강남 청담동 시세다.

가난했던 친구는 낮에는 디자인 전문학교에 다녔고, 아무거나 입에 넣고 오후에 아르바이트를 8곳이나 다니고 뛰는 고달픈 매일을 보냈다.

일본 @맥켈란

일본 @맥켈란

오빠와도 친분이 있어서 우린 친구를 보기 위해 오사카로 갔다. 안 그래도 말랐는데 깡그리 빼짝. 눈물샘이 느슨해졌다. 먹자. 일단 먹어.

비싼 와규 화로구이로 배 불린 세 사람은 친구가 살고 있는 자취방에 놀러 갔다. 느슨해진 눈물샘에서 방울이 떨어졌다.

깜깜한데 추워. 거기다 비스듬히 누우면 잘 수 있어. 친구야. 짐싸. 집에 가자. 하고 싶었지만 친구는 우리와 있는 내내 웃었다. "꿈 있는 자. 일 하라!"는 광고 카피가 떠올라 참았다.

일본 @맥켈란

일본 @맥켈란

친구도 친구인데 오빠가 내 울음보를 터트렸다.

내가 잠시 자리를 비운 사이에, 친구에게 작지만 보태라며 봉투를 살포시 건네었다고.

오빠는 비밀로 하자 했지만 친구는 자리에 돌아온 내게 바로 말했다.

"야! 너 남자 참 잘 만났다. 고맙고 든든하네"

'이 남자다' 싶은 순간들 중 한 장면이다.

일본 @맥켈란

일본 @맥켈란

네 번 헤어지고 5년을 함께 여행을 다니다, 허니문은 미국 캘리포니아 라스베이거스에서 한바탕 놀고 하와이에서 쉬다 왔다.

2주간 떠난 신혼여행은 꿀이었다.

라스베이거스에 갔지만 영어가 짧고 포카와 원카드를 몰라 도박을 안 한 게 아니라 못했고, 슬롯머신에 30달러 먹히고 그만했다.

사실 라스베이거스를 간 이유는 카드놀이가 목적이 아니었다. 화려한 도시인만큼 고급 호텔과 레스토랑이 즐비했는데 많이 저렴했다. 호화로운 숙소에서 취할 때까지 마셨던 어지러운 밤들이었다.

"네가 가라. 하와이" 2001년 개봉한 영화 〈친구〉에서 장동건이 유오성에게 돌려준 말이다.

스크린에서 알게 된, 멀게만 느껴졌던 섬나라를 직접 가보니 오. 여기 천국이다. 그린과 블루, 옐로를 입은 섬이었다.

습하지 않고 햇빛이 쨍해 푸릇한 잔디가 깔린 산책로에서 러닝 하기 좋았고 도심 바로 앞이 새파란 해변이라 뛰고 뛰어들어 가면 그게 여행이지.

쇼핑몰과 면세점도 곳곳에 많아서 '1일 1쇼핑'했다. 자연과 문화를 전부 만족 만끽할 수 있어서 집에 오기 싫었다. 그만큼 행복했다. 이래서 미국 부자들이 노후에 하와이로 이주해 사나 보다. 부럽다.

부부가 된 후 휴양지는 가끔씩 가서 쉬다 왔다. 유럽은 결혼기념일마다 가고 있다(망할 놈의 코로나가 터져 독일행 비행기값을 날리고 잠시 접은 상태인데, 이제는 12시간 비행시간이 무서운 나이가 됐다. 세월아).

프랑스는 화려했다. 〈오 샹젤리제〉에 나오는 개선문은 위엄이 있었고 에펠탑은 멀리서 밤에 봐야 제일 반짝였다.

삼각형 '루브르 박물관'에서 마주한 모나리자는 예술이 뭐예요? 하는 내가 봐도 지워지지 않는 명작이었다. '오르세 미술관'은 그 자체로서 평온하고 고운 기억이다.

'노트르담 대성당' 앞에 서자 한없이 작아지는 피사체가 된 기분이었고 성당 앞 셰익스피어 서점에서 포토북 한 권을 사서 퐁네프 다리를 건넜다.

파리 인근에 지어진 베르사유 궁전은 화려함의 극치였다. 골드와 화이트가 주는 밸런스. 삼만여 명의 인력이 50여 년에 걸쳐 완성한, 루이 14세가 가졌던 권력이 상상됐다.

프랑스 파리 @맥켈란

영국은 왕자나라답게 멀끔하고 순했다.

런던 랜드마크인 런던아이는 파란 하늘과 구름을 위해 신이 만들어 놓은 듯 완벽하게 어울렸다.

영국 런던 @맥켈란

10개의 탑과 성벽으로 이뤄진 런던탑은 고요했고 국회의사당 시계탑 주변에는 관광객들로 떠들썩했다. 멀리서 바라본 타워 브리지도 늘씬하게 빼어났다.

에든버러와 스코틀랜드 여행도 좋았는데 특히 하이랜드는 입을 틀어막았다. 양옆으로 펼쳐진 초원과 우뚝 솟은 산봉우리들은 마치 영화 〈반지의 제왕〉 속 판타지처럼 느껴질 정도로 기운이 굉장했다. 말없이 한참을 바라봤던 찰나이다.

영국 런던 @맥켈란

영국 런던 @맥켈란

영국 런던 @맥켈란

영국 런던 @맥켈란

영국 런던 @맥켈란

영국 런던 @맥켈란

145

영국 런던 @맥켈란

영국 런던 @맥켈란

스페인은 여자들이 예뻤다. 넘치는 에너지와 시원한 제스처에 동성인 나도 시선이 절로 갔다. 솔직히 마드리드는 그저 그랬다. 음식이 짠 도심. 끝.

남쪽에 위치한 바르셀로나는 축구의 도시로 유명하지만 당시 경기가 없었다. 그래도 유럽에서 가장 큰 규모를 자랑하는 텅 빈 캄 노우 경기장을 찾아 '소리 없는 아우성'을 질러봤다.

스페인의 옛 수도 톨레도. 정말 잊을 수 없고 생각할수록 바보처럼 웃음이 샌다.

스페인 @톨레도

톨레도 햇살은 오빠와 닮았다. 바람직하게 따뜻했다. 마드리드와 바르셀로나를 거쳐 도착한 작은 마을은 동화처럼 예뻤다.

아이보리를 입은 집들이 붉은색 지붕을 얹고선 옹기종기 모여 있는 모습을 두 눈에 담고 있자니, 빨강머리 앤처럼 동네 여기저기를 뛰어다니고 싶어졌다.

전력 질주는 하지 못했지만, 오빠랑 깍짓손을 잡고 총총걸음으로 언덕을 오르고 내리며 동네 구경을 실컷 했다.

그래서인지 배가 몹시 고파졌다. 우리는 구글 맵을 따라 미리 알아봤던 레스토랑으로 발걸음을 옮겼다.

올리브. 귀여운 이름을 가진 식당이다.

아! 아담한 하얀 문을 밀고 들어가니, 작은 탄성이 터졌다. 열몇 평쯤 되는 작은 공간은 조그만 동네 미술관처럼 꾸며져 있다.

엔틱한 인테리어 제품들과 벽에 걸린 감각적인 미술 작품들이 퍽 인상적이고 참 근사했다.

"안녕하세요"

뭔가에 홀릴 거처럼 하나하나 뜯어보고 있는데, 들려온 한국말. 고개를 돌려보니, 빵모자를 비스듬히 쓴 아저씨가 우리를 보고 빙그레 웃고 있었다.

마음이 맞는 한국인 예술가 6인 친구들이 톨레도로 날아와, 떵가떵가 요식업을 하고 있다는 세상 부러운 한 사연을 들려줬다.

바다 건너 타지에서 거주하는 한국인을 만나는 일은 아주 신이 나는 일이다. 유럽 여행을 하면서 몇몇 친구들을 사귀며 세상을 나눴다. 올리브 아저씨에게도 들뜬 마음을 자꾸 고백하며, 맛있는 디시를 씹고 와인을 입에 털었다.

그렇게 세 병을 비우고 아름다운 사연은 사건으로 바뀌었다.

"또 만나요!"

힘차게 하이파이브를 하고 다시 톨레도 동네 구경하러 밖으로 나왔다. 헤헤 자꾸 빙구 웃음이 새어 나왔고, 뜨거운 햇살이 얼굴을 덮었다.

그리고 세상은 깜깜해졌다. 붉은빛 햇살이 아니라 새하얗게 찌르는 조명에 한쪽 눈을 찌푸리며 떴다. 하얀 가운을 입은 하얀 피부를 가진 여성들이 내 옷을 벗기고 있었다.

아. X 됐다고 생각했다.

"웨얼 이즈 마이 허즈밴드?"

모기 같은 목소리를 내자 금발 언니들은 손동작을 멈추고, 신기한 듯 내 표정을 살폈다. 그러고선 자기들끼리 눈으로 대화를 하며 낄낄 웃었다. 젠장.

그중 한 명이 오빠를 데리고 왔다. 벌건 토끼 눈을 뜨고 하얗게 질린 얼굴. (지금 생각해도 웃기네)

순간 취기가 돌은 철부지 아내는 길바닥에 철퍼덕 앉은뱅이가 됐고. 나를 들쳐 업고 기차역으로 향했는데, 그곳에서 만난 여경이 오빠를 의심했단다.

이탈리아 @맥켈란

이탈리아 @맥켈란

납치범 아니냐며. 그렇게 정신 나간 내 무거워진 몸뚱이는 응급차에 실려 병원까지 실려 갔던 신화 아닌 실화다.

다행인 건지 아닌 건지. 병원 관계자들은 한 푼도 받지 않고 우리와 안녕했다. 미소를 함박 지으며 병원 입구까지 에스코트. 그들도 웃겼던…

체코 프라하와 이탈리아는 낭만이다. 기혼자라면 꼭 배우자와 함께 가길 바란다. 혼자 갔다간 생판 처음 보는 남자와 쉽게 '폴 인 러브' 될 수 있다. 충분히.

밤에 바라본 프라하 카를교는 사랑받기 충분한 다리라고 생각됐고 고마웠다. 낭만에 빠진 우리 두 사람은 사랑의 열쇠까지 매달고 왔는데… 조금 간지럽다.

이탈리아는 북부에서 남부까지 길쭉하게 다녀왔다. 다시 유럽에 갈 기회가 있다면 이탈리아 아래 지방에 머물고 싶다.

프라다와 몽클레르를 반값에 내 거 할 수 있었던 밀라노. 세계적 유산과 문화를 볼 수 있었던 로마와 바티칸제국.

긴 강을 따라 뱃놀이를 했던 베네치아도, 피자에 눈 떠버린 나폴리. 두오모 대성당에 있는 기울어진 피사의 사탑을 보는 재미를 준 피렌체까지 전부 또렷하다.

다만 다 돌지 못하고 온 남쪽이 궁금해서 다시 가고 싶다. 살짝 들여다본 이탈리아 남부는 황홀했다. 맥주 브랜드로 유명한 카프리는 가볍게 마셔버리기에는 아까울 섬이다.

이탈리아 @맥켈란

정상인 솔라산까지 많이 위험해 보이는 부실한 리프트를 잡고 한참 올라갈 수 있는 용기와 인내만 있다면 천국을 볼 수 있다.

끼룩끼룩.

갈매기 소리만 가끔 들리고 정적이다. 내 옆에 하얗고 반투명한 뭉그러진 구름들이 떠다니고 눈앞에 가득 채워진 하늘은 마치 바다와 같다. 그만큼 하늘나라와 가깝다.

아말피 코스트는 '아이 윌 백'을 약속했던 아깝고 아쉬운 이탈리아 남부였다.

커다란 절벽 사이에 색이 다양한 지붕을 가진 아기자기한 집들이 양옆으로 언덕까지 질서를 지키며 사이좋게 지어졌다. 포지타노 언덕 위에서 바라본 아말피는 그야말로 해피.

이탈리아 @맥켈란

이탈리아 @맥켈란

이탈리아 @맥켈란

이탈리아 @맥켈란

삶은 여행이다.

〈삶은 여행〉

이상은

의미를 모를 땐
하얀 태양 바라봐
얼었던 영혼이 녹으리
드넓은 이 세상
어디든 평화로이
춤추듯 흘러가는 신비를
오늘은 너와 함께
걸어왔던 길도
하늘 유리 빛으로 반짝여
헤어지고 나 홀로 걷던 길은
인어의 걸음처럼 아렸지만
삶은 여행이니까
언젠가 끝나니까
소중한 너를 잃는 게
나는 두려웠지

이탈리아 @맥켈란

남는 건 사진 @맥켈란

결혼을 하게 된
결정적 반전 이유

서른다섯 넘으면 '결혼'이란 걸 생각해 봐야지. 했는데 어린 신부
가 됐다.

스물여덟 살 한창 놀 나이.

결혼을 결심하게 된 민망한 사연이 있다.

오빠와 만나는 동안 재미없다는 이유로 네 번 헤어졌고 5주년을
맞았다. 사건은 마지막 네 번째 '잠시만 각자의 시간을 갖자'를 또 일
방적으로 통보하고 혼자 놀던 사이에 터졌다.

2010년 3월 1일. 내 생애 가장 잊을 수 없는 삼일절이다. 목소리가 나갈 정도로 울었고. 사랑이구나 했다. 그래서 아팠고 미안했다.

빨간 날이면 오빠와 교외로 드라이브를 갔을 텐데, 오빠와 잠깐 헤어져 있는 연애 안식일이라 친구에게 연락했다.

"뭐 해?"

"누워서 과자 먹어"

"나와. 양평 가자"

'집순이' 친구를 꾀어서 양평으로 드라이브를 갔다. 그곳에는 오빠와 특별한 날에만 가는 '라리아'란 꽃 같은 이름을 가진 이탈리안 레스토랑이 있었다(코로나 때문인지. 폐업했다).

고은 자갈이 깔린 널따란 주차장에 바지런히 차를 대고, 친구 팔짱을 끼고 입장했다. 휴일이라 빈자리가 별로 없었다.

직원이 제일 안쪽 테이블로 우리를 안내했는데. 자리로 걸어가다가 익숙한 뒤통수를 발견했다. 멈춰서 자세히 보니 오빠였다. 머리가 길고 늘씬한 여자와 마주한 채 사이도 좋게 파스타와 피자를 나

뭐 먹고 있더라?

순간 머리가 차갑게 얼어붙었다.

오빠를 직접 본 적이 없는 친구에게는 내색하지 않고 일단 구석진 자리에 앉아 주문을 했다. 뭘 먹었는지는 기억은 나지 않는다.

음식을 기다리는 동안 심각했다. 모른 척 지나칠 수는 없었다. 머리는 서늘한데 마음의 온도는 한계점을 향해 차오르고 있었다.

"잠깐. 나 화장실 좀 다녀올게. 시간 좀 걸릴 거야. 먼저 먹고 있어"

친구에게 양해를 구하고 벌떡 일어나 뚜벅뚜벅 입구 쪽으로 걸어 갔다. 아직 있다. 화기애애한 두 사람은 마치 커플 같아서 화가 났다.

오빠는 초록색 폴로 티셔츠를 입고 있었다. (무서운 기억력) 뒤돌아 있는 오빠에게 다가가 어깨에 손을 얹었다.

"오빠 왔네"

다정한 목소리로 웃으며 차분하게 말했다. 고개를 돌린 오빠는 예상했던 표정을 지었다. 눈도 입도 동그랗게 커졌다.

"어… 어… 여기 무슨 일이야?"

뭐? 무슨 일? 와. 다행히 욱하는 기질이 없어서 감정을 꽉 누르며 동행한 여성에게 다정하게 인사를 건넸다. (이야기를 들은 친구들은 무서운 년이라고)

"안녕하세요. 저는 오빠 여. 자. 친. 구예요. 만나서 반가워요. 여기 음식 맛있죠?"

당황하며 쥐고 있던 포크를 접시 위에 '탁'. 소리만 들릴 뿐 아무 말이 없는 긴 생머리 그녀. 이만하면 됐다. 잘 먹고 가. 쿨한 척 친구에게 돌아갔다.

오빠는 곧장 내게 오지 않았다. 얼음장이었던 머리는 부서졌다.

뭘 먹긴 했는데 거의 씹지 않고 넘겼다. 다행히 그날 함께 간 친구는 눈치가 없었다. 빨리 집에 가고 싶어서 도로 막히기 전에 가자며 계산서를 집어 들었다. 오빠는 출구로 뒤따라 나왔지만 냉정하게 "잘 지내"

아무 생각 없이 서울까지 달렸다. 가는 내내 우물쭈물했던 죄 없는 친구를 집 근처에 내려주고 집으로 왔다. 혼자가 되자마자 억눌렸던 눈물이 터져 나왔다.

시야가 흐려져 오른손으로 쏟아지는 방울들을 닦으며 간신히 아파트 주차장까지 도착했던 기억이다.

우리 집인 706호가 아니라 1105호로 갔다. 결혼을 앞둔 친정 오빠 신혼집이다. 오빠에게 이를 심정으로 갔지만 아무도 없었다.

달콤해야 할 집에서 민폐 제대로 끼쳤다.

"엉엉엉엉엉엉엉엉엉엉엉엉엉엉엉엉엉엉엉엉"

서럽게 울었다.

우리만의 추억이 쌓인 특별한 장소에 낯선 여자와 함께 온 오빠가 밉고, 제대로 변명도 못 했던 바보라 화가 났다. 또 잘 지내라고 했던 내가 미련했고 아직 완전 끝도 아닌데 다른 이성을 만난 오빠가 원망스러웠다.

실컷 울고 7층으로 쪼르르 내려와 내 방 침대에 누웠다. 그때 '딩

동딩동' 벨소리가 울렸다. 인터폰 화면 안에 오빠가 서 있었다. 휴대
폰은 진작 꺼놔서 집으로 찾아왔나 보다.

인터폰 수화기를 들었다.

"왜…"

"통화는 안 되고. 말은 해야 해서 왔어. 1층에 있을게. 나올 때까지
기다릴게"

뜸 들였다.

할 말이 뭘까? 궁금하기보단 무서웠다. 진짜 이제 그만 하자하면
어쩌지. 오늘 함께 시간을 보낸 그녀에게 호감이 생겼다고 하면.

부서진 머리처럼 마음이 무너졌다.

일단 세수를 하자. 욕실 거울을 보니 눈덩이가 퉁퉁 부었다. 참 못났
다. 차가운 물로 한참을 어푸어푸하고 엘리베이터를 타고 내려갔다.

방문객 주차 공간에 오빠 차가 있었다. 창문을 들여다보니 오빠가
운전대에 엎드려 고개를 숙이고 있었다. 창을 두드렸다. 놀란 오빠

가 얼른 문을 열고 나왔다. 오빠도 울고 있었던 모양새다. 코와 볼이
붉었다.

아. 뭐야. 속상하게.

일단 차에서 대화하기로 했다. 처음에는 듣기만 하려고 했다. 했는데.

"오늘 만난 아이는 동아리 후배야. 그냥 친한 동생이야. 그 이상 감
정은 없어"

순간 날카롭게 받아쳤다.

"아무 사이도 아닌데 양평까지 갔다고? 우리만 간직했던 공간에?"

뱉어놓고 사랑은 유치하다고 느꼈던 찰나였다.

"정말이야. 네가 헤어지자고 해서 심심한데 후배한테 연락이 와
서… 아무튼 그 아이가 당장 너에게 가서 사과하라고 했어. 미안해.
생각 없는 행동이었어"

젠장. 또 눈물이 났다.

청춘의 눈물은 마르지 않나 보다. 방울방울 뚝뚝. 짜는데. 헉. 오빠도 같이 운다. 두 남녀는 차 안 공기가 데워질 정도로 한참 쏟았다.

"우리 결혼하자"

갑작스러운 프러포즈가 반가웠다. 종일 울면서 내가 오빠를 정말 사랑하고 있음을 뉘우쳤고 확신이 들었기 때문이다.

울음 뚝. 오빠가 덤덤히 말을 이었다.

"부모님 더 늙기 전에 가정을 이루고 책임 있게 사는 모습을 보여 드리고 싶어. 우리 이제 그만 헤어지고 같이 살자"

끄덕였다.

"어차피 오빠랑 할 거였는데. 좀 빨리하지 뭐"

끝까지 자존심 부리는 새침데기 뭐가 귀엽다고 오빠가 포근하게 안아줬다.

엔딩은 스마일 @맥켈란

시어머니와
첫 만남

시어머니 첫 만남 때 100송이 꽃다발을 안겼다 @맥켈란

"우리 복순이"

시어머니는 항상 그렇게 나를 부른다.

한 식구가 되어 가족이 더 행복해졌고 오빠가 더 멋있어졌다고 엄지손가락을 치켜세운다. 참 민망하고 감사하다.

첫 만남 때 품에 안긴 100송이 꽃다발. 신혼 때 시어머니 생신 때 쓴 손편지. 지금까지 준 사랑은 고작 그거뿐인데 엄마는 막내며느리를 볼 때마다 그렇게 복순이를 찾는다.

정말 인복이 많은데, 그중 제일은 오빠와 시댁 엄마가 아닐까 싶다.

'양평 사건'을 계기로 우리는 평생을 약속했다. 프러포즈는 받아들였지만 조건을 붙였다(네가 뭐라고).

"어머님 먼저 만나 뵙고 평생 할지 말지 볼게"

혹독한 시집살이를 겪은 종갓집 맏며느리의 막내딸로 살아온 내겐 결혼은 가족 대 가족이라는 조금은 슬픈 신념이 생겨났다.

시어머니를 만나고 오빠에게 머쓱해졌다.

오빠만 보더라도 훌륭한 부모님 품에서 사랑 가득 받으며 컸다는 믿음은 있었는데 확인 사살하고 싶어 한 이기적인 기우가 부끄러웠다.

우리 세 사람은 서초동 서래마을 한식당 '서래본가'에서 만났다. 시엄마와 나는 비빔냉면을, 오빠 갈비탕을 주문하고 이야기를 나눴다.

연륜이 깊은 어른과 낯가림이 없는 아이가 오가는 대화는 선문답 같이 깊이 있고 다정했다. 오빠는 그저 빙그레.

준비해 간 100송이 꽃다발 덕분일까, 날 바라보는 시어머니 눈동자 안에는 하트가 꽂혀 있었다. 이유가 있겠지만 아무 이유도 찾고 싶지 않을 만큼 어머니께 반했다.

"내년 봄에 결혼하자!"

집에 가신다는 어머니를 씩씩하게 보내고 오빠에게 바로 청혼했다.

내 인생 기똥찬 순간.

장인어른 한마디에
이직한 사연

온정 있고 호탕한 시어머니가 무척이나 마음에 들었나 보다.

"나 결혼할 거야"

집에 오자마자 운동화를 벗으며 대충 내뱉었다. 밥 달라는 말보다 더 성의 없고 무심하게. 나도 참 건성 건성한 딸이었다.

갑작스러운 하나 남은 막내딸이 던진 '결혼 선언'에 엄마는 반겼고 아빠는 멍해졌다. 온도차가 심했다. 엄마 눈은 반짝였고 아빠 눈동자는 허공을 헤맸다.

세상에 무너트릴 벽은 많다 @맥켈란

장남을 장가보낸 지 1년도 지나지 않았지만, 엄마는 서운하게 기뻐했다. 서른다섯 전에는 결혼 언급 금지령을 내렸던 터라 반가운거지.

엄마에게는 마지막 숙제를 끝낼 수 있는 기회였다. (살다 보니 숙제가 또 있었다. 아이) 호칭도 오빠 이름에서 박 서방으로 바로 고쳐 불렀다. 소름.

엄마와 오빠는 만난 적이 한 번 있었다. 그만큼 우리는 5년을 만나는 동안 서로의 가족사를 궁금해하지 않아 묻지 않았고 오로지 오빠와 나였다. (결혼해도 똑같다. 개인주의)

2008년 겨울 대학교 졸업식 때다. 엄마와 함께 버스를 타고 학교에 갔는데, 말끔하게 차려입은 멀끔한 오빠가 꽃다발을 들고 서 있었다.

나는 엄마를 닮아 표정을 못 숨긴다. 배꼽 인사를 하는 훈훈한 청년이 쏙 마음에 들었는지 초면에 엉덩이를 두드렸다. (못 살아. 일찍 독립하길 잘했어)

학사모를 쓰고 함께 사진을 찍고 근처 음식점으로 갔다. 식사가 나오기 전부터 딸 가진 엄마의 호구조사가 시작됐다.

냉면 한 그릇 시원하게 비우고 쿨하게 "안녕 또 보자" 했던 시어머니와는 '냉면과 열정' 사이 그 어디쯤. (희한하게 두 분은 친하다. 언니 동생 사이)

"딸. 부디 오래 만나서 시집가"

집 앞까지 가는 142번 버스 안에서 엄마는 행복한 미래를 그렸다. (엄마가 결혼하는 줄) 남자는 많이 만날수록 득이라는 엄마가 달라졌다.

아무튼. 엄마 질문에 꼬박 짧게 대답했던 오빠는 도련님이자 강남 부자였다.

행정고시에 합격한 아버지는 도지사, 시장, 교수를 역임했다. 초등학교 교사였던 어머니는 직장을 그만두고 세 아들 중 첫째 둘째를 의대에 보냈고 늦둥이 오빠는 사택에서 도련님 소리 들으며 자유롭게 자랐다.

"얘가 잘생겼는데 성격도 다정하고 참 착해. 집도 강남이고 시아버지는(아니. 왜 벌써) 시장이었대. 게다가 형들이 의사고 다 결혼했대"

가만히 듣고 있던 아빠는 엄마의 비둘기 소식이 싫지는 않나 보다. 평소에도 말수가 적은 아빠는 자신의 무릎에 비스듬히 누워 딸기 냠냠 하고 있는 딸 등을 쓰다듬었다.

177

따뜻했다.

그런데 갑자기 받게 된 결혼 통보.

"어허…"

말수가 적은 아빠지만 탄식은 참지 못했다. 날 잡아 용한 점집에서 궁합부터 보자며 유난 떠는 엄마 옆에 얌전히 앉아 있던 아빠는 조용히 연초를 태우러 나갔다.

궁합은 무슨 궁합이냐며. 태어난 시간을 누가 아냐며. 엄마에게 투덜대고 있는 딸에게 돌아온 아빠가 물었다. 묵직하게.

"갑자기 결혼이 왜 하고 싶은 건데?"

"…"

차마 '양평 사건'을 고백할 수 없었다.

"딸?"

"이 남자다 싶었어. 어차피 결혼할 사람인데 더 일찍 오래 살면 좋지 뭐"

FACT다.

"흠…"(충청도 남자)

재차 탄식을 참지 못한 아빠는 길고 고른 숨을 쉬었다. 큰일 났다. 아빠 눈에 방울이 차올랐다.

"아빠는 우리 딸이 우리랑 조금 더 살다가 시집갔으면 좋겠는데. 안 될까?"

자식 키워봤자 소용없다. 소중하게 키운 딸은 너무나도 무정하게 "어. 안 돼. 지금 갈 거야" 아빠 닮아 일단 결정하면 무조건 '고'다. (아빠 반 책임)

"그래. 일단 집으로 데리고 와봐"

체념한 아빠는 다시 연초를 태우러 밖으로 나갔다. 글을 쓰면서 그때로 돌아가 보니 말이라도 예쁘게 할걸. 후회가 된다. (아빠. 미안해요. 사랑해요)

주말 저녁 오빠는 큼직한 '태백산 한우 선물세트'를 사 들고 706호에 왔다. 과하지 않나. 살짝 놀라 옆으로 가서 나직하게 웅얼거렸다.

"뭔데 이거?"

"엄마가 빈손으로 가면 안 된다고 백화점 가서 사 오셨어"

엄마는 '우리 박 서방' 무겁게 뭘 들고 왔냐며 황금 보자기 더미를 건네받았고 아빠는 '네가 그놈이냐' 하듯 무표정한 태세로 일관했다.

식탁은 추석이고 설이었다. 이만하면 '태백산 한우 선물 세트'를 받아도 충분해 보였다. 갈비부터 갈치, 불고기, 꼬치구이, 각종 전, 잡채, 나물. 김치 종류만 세 가지. 거기까지.

아빠는 숟가락보다 소주잔을 먼저 들었다. 단순해도 눈치는 있는 오빠가 아빠와 함께 잔을 올렸다. 말수 적은 아빠가 말없이 빨간 두꺼비 한 병을 비웠다.

엄마 덕에 호구조사는 이미 끝난 상태여서 궁금한 게 없나 보다 했다. 아빠가 꺼낸 한마디를 듣기 전까지는. 딸 가진 아빠여서. 술기운으로 그랬나 싶다.

(쓰면서 혹시 내 기억이 과장됐나 싶어, 오빠에게 물어봤다. 당시를 생생하게 떠올린 오빠가 조금 무서웠다)

"자네 지금 연봉이 얼마인가?"

오빠는 순진한 얼굴로 정직하게 대답했다.

"2450만 원입니다"

너무 솔직한 예비 사위에게 아빠는 덜컥 화를 냈다. (평소에 아빠는 말수가 적다)

"그걸로 되겠어?"

소년 같은 표정과 마음을 가진 청년은 시무룩해졌다고 한다(당사자 주장).

속상했다.

오빠가 다니고 있던 회사는 대기업은 아니지만, 유저가 상당한 게임을 개발한 괜찮은 직장이었다. 무엇보다 오빠는 팀원들과 함께 일하는 매일을 즐거워했다.

엄마보다 아빠의 욕심이 더 현실적이라 수긍할 수밖에 없었다. 함께 시무룩해진 우리는 집 앞 놀이터로 나왔다. 오빠는 오빠였다.

"기죽지 마. 오빠가 해볼게. 보여줄게"

오빠 스스로에게 하는 말 같아서 더 서글펐던 그네 타기였다.

세상에 안 무너질 벽 없다. 오빠는 해냈다. 타이밍도 어쩜. 결혼식 한 달 전에 IT 대기업 N사 게임기획팀에 입사했다. 새로 이직한 회사 로고처럼 '그린그린'한 순간이었다.

눈물이 났다. 기특하고 기쁘고 이해가 가서. 오빠가 준 사랑도 아빠가 품은 걱정도. 지금은 아빠 오빠 예뻐 죽는다.

마냥 행복했던 어린 신부 @맥켈란

청혼에서
결혼까지

5년 동안 네 번 헤어진 서른한 살 박 군과 스물여덟 살 김 양이 더 이상 이별하지 않기로 약속하고 평생을 함께 여행하기로 했다.

프러포즈는 '양평 사건' 때 받았다. 차 안에서 눈물 콧물 짜며 했던 "결혼하자!" 고백은 귀여운 추억이 됐다.

막내들이라 거저 갔다.

예비 신랑 신부는 식장과 웨딩드레스, 턱시도, 헤어 메이크업 샵,

184

신혼여행지만 골랐다.

양가 엄마들이 신혼집부터 예물과 예단, 자동차, 살림살이를 마련
했다. 척척 일사천리였다.

친했던 유부들이 웨딩 링을 추천했다. 평소에 다이아몬드를 끼고
다닐 수는 없으니까. 수긍했다. 곧장 백화점에 가서 티파니 밀그레
인 반지를 나눠 꼈다.

반지도 맞췄겠다. 청혼받을 생각은 안 했는데, 오빠는 끝까지 다정
했다.

결혼식을 앞둔 한 달 전쯤이다.

오빠와 삼성역 인근 호텔 레스토랑에서 저녁 식사를 하기로 했다.
엘리베이터를 타고 꼭대기 층으로 올라가니, 미리 나와 있던 직원이
웃으며 반겼다. 꽤 친절하다. 싶었다.

전망이 보이는 안쪽 창가 자리로 안내를 받았는데, 오빠가 꽃다발
을 들고 서 있었다. 그때 눈치를 챘다. 프러포즈다. 내 남자 제법이군
싶었고 신났다.

주변을 둘러보니 우리 테이블에만 촛대와 촛불 장식으로 꾸며졌다. 영롱한 분위기에 와인부터 주문했다. 코스 요리가 식탁에 깔리고 만찬을 즐겼다.

케이크와 아이스크림.

달콤한 디저트를 조각내고 있었는데, 오빠가 민트색 상자와 무가지 신문을 건넸다. 명품 열쇠 모양 목걸이보다 메트로를 보고 울컥했다.

신문 한 면에 우리가 여행 가서 찍은 사진이 큼직하게 박혀 있었다. "행복만 줄게. 나와 결혼해 줄래?"라는 제목 아래에 오빠가 내게 쓴 편지가 실려 있었다.

기자로 일했을 당시라 내게 맞는 특별한 프러포즈를 하고 싶었단다. 당첨이 될 때까지 메트로에 사연을 보내 세상 유일한 신문을 내게 선물했다. 내 남자 멋있는데 귀엽다.

"빨리 대답해 줘"

"뭘?"

"신문에 쓰여 있잖아. 결혼해 달라고"

"뭐래. 한 달 남았는데"

"아. 빨리~"

"하자 해"

뒤바뀐 남녀라고 많이들 말한다.

어느덧 결혼식. 판타지고 스마일이었다.

하우스 웨딩이라 단독으로 진행됐고 초대할 수 있는 하객이 삼백 명으로 그야말로 '우리들만의 축제'였다. (이백 명이 내 손님. 오빠의 배려)

친분이 두터운 지인들과 인사를 하고 사진을 찍었다. 당시 왕성하게 연예부 기자생활을 한 덕분에 주변에 사람들이 많았다. 많은 배우들이 축하해 줬고 가수들이 축가를 불러주는 영광을 누렸다.

"그만 좀 웃어. 지지배야"

신부대기실에서 하하하하하하하 웃고 있는 조카 귀에 이모들이

와서 속삭였다. 왜요. 좋은 날 좋은 게 좋은 거죠. 하하하하하하하.

　국민일보 첫 직장 때부터 친했던 아나운서 언니가 사회를 맡았고 주례는 없었다. 시아버지의 유머러스한 축사와 축가 이후 진행된 이브닝 웨딩에선 샴페인을 터트렸다. 팡.
　판타지 같았던 결혼식이었다. 펑.

배우 쪼재윤에게 받은
축의금 3만 원

인생에서 가장 일렁이던 순간을 뽑으라면 결혼식이다.

영원을 함께할 사랑하는 오빠 손을 잡고 소중한 내 사람들에 둘러
싸여 축복과 축하를 받았던 그 찰나는 잊을 수 없다.

첫날밤에 이뤄진 단짝들과의 샴페인 파티와 다음 날 떠난 라스베
이거스와 하와이도 한몫했다.

간질간질 마음을 간지럽히던 결혼식 끝 무렵, 한 손으로 욱신대는
심장을 쓸어내린 일화가 있다.

색동저고리를 입고 두 볼에 연지곤지 찍은 채 날아오는 밤 대추 친구들을 치마폭을 받아낼 즈음이었다.

"귀염둥이!"

익숙한 목소리에 입꼬리 힘껏 당겨 올리며 뒤를 돌아봤다. 검은색 모자를 눌러쓰고 까만 롱 파카를 입은 남자는 멋지게 운동화까지 꺾어 신었다.

구깃구깃 구겨진 흰 봉투를 내밀며 축하한다고 행복하라고 수줍은 인사를 건넸다. 지금은 드라마 예능 영화판을 두루두루 잡고 있는 배우 조재윤이다.

봉투 안에는 세종대왕 세 분이 비스듬히 누워 있었다.

"오빠. 축의금 하지 말라고 했잖아요. 왜 이렇게 많이 넣었어요. 라면만 먹으면서…"

결혼식 날 엄마 아빠 얼굴 보고도 안 울었던 불효녀가 오빠 때문에 눈물 뺄뻔했다.

당시 재윤 오빠는 오랜 무명배우 생활을 하며 간간이 연극무대에 오르거나 영화 단역을 도맡았다.

오빠와의 첫 만남은 압구정 로데오에 위치한 술집이었다. 착한 사람들의 모임이라는 예쁜 이름을 가진 '선방' 모임엔 나처럼 기자도 있고 오빠처럼 배우도 있고 정재계, 전문직 등 다양한 사람들이 모였다.

오빠랑은 단번에 친해졌다. 쿵짝이 이렇게 잘 맞을 일이야? 인간 관계에서 개그 코드는 참 중요하다.

일주일에 두 번 이상 만나 소주를 마셨다. 연극에 대한 오늘과 내일을 이야기했고 꿈을 나눴다.

오빠 진짜 사나이다. 유머 넘치고 스위트하고 의리 있고 겸손하다. 낮에는 말로 웃겼고 밤에는 귀를 열어주는 남자다. 세상 사람들이 조재윤이라는 배우를 알아봐 주길 늘 바라왔다.

세상은 귀한 배우를 알아봤고 유명한 드라마와 영화, 예능까지 섭렵하며 바쁜 나날을 보내고 있다. 얼굴 보기 힘들어서 그거 하나 아쉽다.

가정도 이뤄 예쁜 아내와 살붙이인 귀여운 아들과 살고 있다. 바쁜 오빠 얼굴 보기는 힘들고 그나마 자주 카톡으로 근황을 묻고 있다.
항상 오빠는 멋진 말로 마무리를 짓는다.

"귀염둥이~ 오빤 아직도 부족해. 더 많이 노력할 거야. 더 많이 공
부할 거야"

오빠. 그거 알아요?

오빠가 손에 쥐여준 축의금이 그날 가장 비쌌어요. 다음에 만나면
오빠가 좋아하는 양꼬치에 칭다오 사줄게요.

배우 조재윤 @맥켈란

배우 조재윤 @맥켈란

따로 또 함께 하는
슬기로운 결혼생활

'다름을 인정하고 집착은 폭력이다'

우리 부부가 평생을 함께할 수 있겠다는 확신은 똑같은 가치관에서 생겨났다.

우리가 생각하는 세상은 정답과 오답이 없다. 틀린 자 없고 서로 다를 뿐이다. 다만 법치국가에서 살고 있기 때문에 준법해야 하며 상식과 상도는 지켜야 한다(세상 진지).

명쾌한 예가 있다.

우리는 처음부터 딩크였다. DINK(Double Income No Kids)는 '맞벌이 무자녀 가정'이라는 의미다.

1980년대 미국을 시작으로 나타난 새로운 가족 형태로 부부가 자녀를 의도적으로 갖지 않는 경우를 말한다.

다만 출산을 원함에도 불구하고 건강 문제에 의한 만혼이나 불임으로 인해 어쩔 수 없이 아이 낳기를 포기하는 경우에는 딩크족으로 부르지 않는다.

양가 부모님에게도 '딩크 선언'을 하고 식을 올렸다. 시부모님에게는 "무자식 상팔자"라며 감사한 응원을 받았고, 친정 엄마는 "아직 철없다"며 가볍게 무시했다. 우리 아빠는 말수가 적다.

부부가 되면 함께 경조사에 참석하는 경우가 많다. 볼 때마다 이모 고모 삼촌들이 물었다. "아기 언제 가질 거야?"

"저희는 딩크예요. 애 없어요" 돌아서면 까먹는지 볼 때마다 또 데자뷔.

엄마를 비롯해 이모 고모 삼촌은 우리가 잘못된 길을 살고 있다고 한다. 우리는 자유와 여유를 선택한 바른길을 걷고 있다. 가치관이

다르면 가족이라도 함께 갈 수 없다. (칼같이)

다름을 인정하면 남을 지적하거나 비판할 일이 없어 갈등이 없다. 타인에게 주는 시선 없어 피곤하지 않고 온전히 나로서 살아갈 수 있어 자존감이 높아진다.

우리 부부는 17년 동안 크게 다툰 적이 없다. (기억은 안 나는데 몇 번은 나 혼자 일방적으로 삐짐)

집착이 없다. 방치라고 부를 수도 있겠다. 싫다. 이 경지까지 오기 위해서는 탄탄한 신뢰가 필요하다. (연애 5년 결혼 12년)

서로 믿으면 클럽을 가도, 외박을 해도, 혼자 여행을 가도 "내 몫까지 즐기고 조심히 잘 다녀와"라고 서로에게 말한다. (보통 나만 간다. 오빠는 가장이라 어깨에 무게가 크다)

우리 부부는 취미와 취향이 다르다. 다름을 인정하고 집착이 없어서 따로 논다.

집에 있는 주말 낮에는 난 헬스장을 다녀온 후 글을 쓰거나 OTT를 본다. 오빠는 아침 일찍 농구를 하러 기거나 게임을 한다. 강의도 하고 영상도 만든다.

지금도 헬스장에서 아이폰 미니로 글을 쓰고 있다. '천국의 계단'을 오르며 숨과 문장을 동시에 고르고 애쓰고 있는 중. 오빠는 영화관에서 마동석 주연 〈범죄도시3〉를 관람 중이다(장르 내 취향 아님).

물론 함께 하는 취미도 있다. 봄과 가을. 귀여운 미니벨로를 타고 여의도 한강까지 라이딩을 하고 돌아온다. 여름에는 뮤직 페스티벌에 가고 오빠에게 시간적 여유가 생기거나 명절 휴일에 여행을 다닌다.

밤에는 하나가 된다. 시원한 라거를 들이켜거나 때로는 맥켈란 언더락을 마시며 신나게 후회 없이 논다. 참 슬기롭고 술기롭다.

이만하면 됐다.
감사한 삶이고 우리가 상팔자다.
위너.

잘못된 길은 없고 다른 길일 뿐 @맥켈란

100일 축하해 태양아! @맥켈란

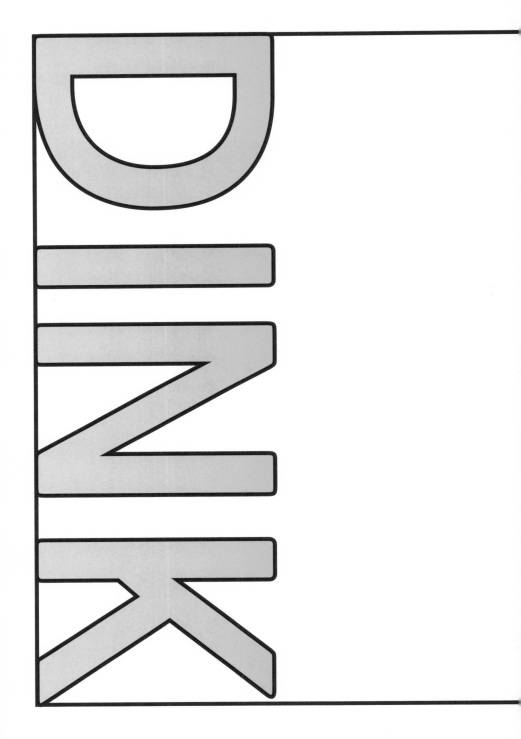

딩크일지

차오르던 첫 숨결.
조카 태양에게 보내는 편지

'딩크'지만 생명이 주는 울림을 안다. 친정 오빠와 새언니 사이에 태어난 첫 조카는 내겐 첫 사람이다.

사랑한다는 말로도 부족한 아이였다. 존재로서 이렇게 소중하면 사랑한단 얘기도 보잘것없었다. 〈딩크일지〉 첫 에피소드는 태양에게 처음 썼던 편지를 담았다.

태양아.
사랑하는 우리 조카 태양아. 고모야
고모가 우리 아기에게 쓰는 처음 쓰는 편지네?
이제 제법 읽을 줄 아는 거 같아서 널 향한 사랑을 종이 위에 끄적여본다.

태양아.

2014년 8월 5일. 네가 태어나기 하루 전날 밤이었어. 새언니가 곧 출산할 것 같다는 연락을 받고 고모는 우렁차게 울었어. 손바닥으로 바닥을 치며 눈물을 쏟았어. 이유는 아직도 모르겠어. 엉엉 우는 고모 전화를 받고 놀라서 뛰어온 고모부 토끼 눈이 아직도 선명해. 다음 날 유리창 너머 널 보는데도 왜 자꾸 눈물이 나는지. 아무도 안 울더라(너네 엄마 아빠도) 메마른 사람들.

태양아.

너라는 아이는 내겐 첫 사람이야. 뭐라고 해야 할까. '사람이 이렇게 소중하면 사랑한다는 말도 보잘것없구나'라고 생각했어. '세상 끝까지 지켜야 할 존재가 생겼구나' 하는 첫 사람이 바로 너야. 나 자신을 더욱 사랑하고 건강해져야 할 이유를 준 사람이 우리 태양이야. 그래서 고모는 네가 참 고맙고 귀해. 감사해? 고모를 자라게 해줘서.

태양아.

우리 함께 한 추억들도 참 많다. 일주일에 한 번씩 너에게 얼굴도장을 찍었지. 고모부랑 처음 연애했던 나날만큼 고모는 주말마다 얼마나 설레었는지 몰라. 여행도 갔지. 제주도와 괌. 다녀와서 몇 날 며칠은 '괌, 괌' 거리던 너의 조그만 입술에 뽀뽀 뽀뽀. 신나게 놀다가 밤에 고모 집에 갈 때쯤 신발 숨겨놓는 너는 참...

203

이제 형아가 됐네. 우리에게 우주가 온 지도 6개월이 지났어. 동생이 태어나는 순간 왕좌를 뺏긴 기분이 든다는 말에 고모는 왜 이렇게 네가 짠했는지, 지금도 한편이 먹먹해. 그래서 언니랑 너에게 더욱 사랑을 주자며 두 손 맞잡았지. 고모는 거짓말 못 해. 얼굴에 다 드러나. 고모가 세상에서 사랑하는 남자가 네 명 있는데 네가 2등이야. 분발해.

사랑해. 태양이가 엄마 사랑하는 만큼 고모는 너를 사랑해. 늘 지금처럼 웃어주면 나는 바랄 게 없단... 밥 좀 잘 먹자. 똥침 좀 그만 쏘고.

찬란하게 이름값 하자!

조카 태양과 우주와 함께 한 여행 @맥켈란

무자식 상팔자.
자유와 여유 있는 유부

우리 부부가 그린 결혼생활에는 아이가 없다.

일명 DINK(Double Income No Kids). '무자식 상팔자'라는 세상과는 다른 신념을 갖고 '오로지 너와 나' 가정을 일구고 있다.

돈 벌면 여행을 다니고 글을 쓰는 인생을 살자며 서른한 살 스물여덟 살 꾸러기 부부는 신나게 하와이로 신혼여행을 떠났다.

아침이 반가운, 저녁이 아쉬운 충만한 인생을 누렸다. 우리 부부는 서로의 다름을 인정하고 집착이 없다.

개별적인 존재로 태어난 우리는 자신과 불화하지 않고 살지 않도록 스스로의 삶을 각별하게 보살펴야 됨을 안다. 지극한 자기애.

딩크에게는 자유와 여유가 있다.

어디에도 얽매이지 않을 수 있어 마음이 잔잔하고 행복하다. 온전한 나로 살 수 있어 자아는 늙지 않고 '해 봐야지' 하는 꿈들이 많아 하루가 짧다.

인생 짧다.

에세이를 쓰고자 결심했던 날. 오빠가 던진 한마디로 매일 종일 쓰고 있다. 옳은 말이다. 오늘이 제일 젊고 신이 나야 한다. 어제와 내일을 걱정하는 일은 시간 낭비다.

'오늘의 맥켈란'은 새벽 3시에 첫 글을 쓴다. 한참 자다 2시쯤 깨면 머리와 마음이 텅 비어 있다. 멍하니 조금 앉아 있다가 잠자리를 정리한다.

네스프레소 커피를 내리고 영화 〈포레스트 검프〉 OST 수록곡 〈아임 포레스트〉를 무한 반복으로 틀어놓는다.

음악과 함께 몸과 마음도 포레스트가 된다. 새벽이지만 마음은 초록으로 가득 채워지고 깨끗해진 머릿속에는 글감이 푸릇하게 피어난다. 걸어온 날들이 숨 쉰다.

비 오는 날 빨래처럼 새벽에 생겨난 감수성은 못 말린다. 촉촉한 마음으로 조금 더 설렘 있는 단어와 문장들이 만들어진다.

예술처럼 글도 배불러야 나온다. 동이 틀 때쯤이면 허기가 감성을 이긴다. 든든하고 건강하게 아침 식사를 하고 커피 한 잔을 더 내려 마시면 힘이 난다.

매일 쓰기 위해 매일 헬스장에 간다.

일주일에 세 번 PT(Personal Trainer)를 받고 삼사일은 개인 운동을 한다. 헬스를 한지는 20년 됐지만 요즘 더 열심이다.

경험과 감성을 녹이는 글쓰기는 제법 벅차다. 몸처럼 글도 늙지 않으려면 땀을 내야 한다. 체력을 길러 오래오래 생기 있고 재미있는 문장을 적고 싶다.

일찍 잔다.

새벽 2시에 개운하게 기지개를 켜려면 밤 8시쯤 잠이 든다. 쓰고 먹고 뛰기만 하면 무슨 재미. '오늘의 맥켈란'은 술시가 있다. 시곗바늘 모양도 반듯한 반가운 6시가 찾아오면 와인부터 위스키까지. 물욕 대신 술욕 있다. 인생의 낙.

오늘을 철없이 살지만 팬찮은 어른이 되고 싶다.

"맥켈란이 우리 고모야!" 조카 태양과 우주에게 떳떳한 자랑이고 싶고 (너무 큰 욕심인가) 친구와 동생들에게 용기와 위로를 주며 나이 들고 싶다. 철은 들지 않을 거다.

오빠와 대화를 나눌수록 참 팬찮은 어른이라고 느껴 든든하다.

본인을 이기적인 사람이라고 자칭하지만, 나와 가족 회사 팀원들에 대한 책임감과 배려심이. 때론 안쓰러울 만큼. 강하다. 현재 자신은 불안하지만 점점 잔잔해지고 단단해지는 리더가 되겠단다. 닮고 싶은 어른이다.

자유와 여유가 있는 유부 두 사람은 때때로 여행을 가거나 소고기 먹으러 간다. 그리고 작가와 교수라는 꿈을 꾸며 세계 일주를 계획 중이다.

놀고 먹고 쓰다 @맥켈란

시험관 시술을
하게 된 이유

처음부터 딩크였다. 자녀 계획은 우리 부부가 그린 내일에 없었다.

자유와 여유가 충만한 삶을 누리며 놀다가 덫에 걸려 넘어졌다. 포기를 모르는 엄마의 집착과 첫 조카에 대한 사랑에 마음이 느슨해졌던 걸까.

2014년 8월 6일 태양이가 태어났다. 감성이 유난인 걸까. 새언니가 곧 출산할 것 같다는 연락을 받고부터 눈물이 터졌다.

신생아실 유리창 너머 마주한 조그만 아이. '생명이 이렇게 소중하면 사랑한다는 말도 보잘것없구나'라고 생각됐다.

'세상 끝까지 지켜야 할 존재가 생겼구나' 하는 첫 사람이자 나 자신을 더욱 사랑하고 건강해져야 할 이유를 준 아이가 태양이다.

태양이가 세 살 때까지 주말마다 놀러 갔다. 원래도 아이들을 좋아하긴 하는데 태양이는 친조카여서 그런지 더욱 특별했다.

이때부터다.
아이를 가지라는 엄마의 설득은 집착으로 변질됐다. 지금도 늦었다. 하루라도 빨리 임신해서 부지런히 키워야 한다.

2세를 낳아야만 하는 가장 큰 이유는 어이가 없다. 짠하고 화가 난다.

'자식이 없으면 남자가 바람 피운다'라는 낡디 낡아 힘이 없는 가치관은 순애보 사랑꾼 남편을 욕하는 독한 말이기도 하다.

매일 울려대는 휴대폰. 울며 겨자 먹기로 결국 엄마가 자처한 마지막 숙제를 해주기로 했다. 제정신이 아니었다.

그렇게 엄마 손 잡고 강남 차병원 여성전문병원을 찾아 난임 전문의를 만났다.

초음파 검진 결과 다낭성난소증후군이라는 판정을 받았다. 쉽게 말해 한 달에 한 번 월경을 하지 않는 만성 무배란 증상으로 난임이다.

예쁘장한 선생님은 안전하고 확실한 방법으로 시험관 시술을 추천했고 대답은 엄마가 했다. 외손주를 볼 수 있다는 희망을 본 엄마의 욕심은 점점 자라났다.

과한 욕심은 탈이 나기 마련.

결국 과배란주사 부작용, 유산, 낙태로 무너진 2년을 숨만 쉬고 살았다. 아침도 저녁도 더 이상 반갑지도 아쉽지도 않은 텅 빈 하루였다.

매일 밤 울던 시절 @맥켈란

복수 차서 죽다 살아난
기가 찬 사연

하소연하고 싶은 사연이 있다.

시험관 시술을 하기로 결심하고 만난 난임 전문 의사 선생님 말을 꼬박 잘 들었다. (딩크 쪽 들어감)

"인연이면 생기겠죠. 팔자예요. 다"

마주 앉은 난임 환자의 하찮다는 푸념에 조용히 웃으며 머리를 쓰다듬어 주는 예쁜 의사 선생님의 손길에 따뜻한 위로와 응원이 느껴졌다.

시험관 시술과정은 해야 할 숙제가 많았다.

과배란약과 주사를 통해 여러 개의 배란을 유도하고, 난임 여성의 질에 바늘을 찔러서 난자를 뽑는 과정이다.

최대한 크고 많은 양의 난자를 채취해야 활용할 수 있는 난자가 많아지기 때문에 '과배란 주사'가 인공수정보다 더욱 강하게 들어간다.

무탈할 줄 알았다.

일정 기간 매일 난포를 터트리는 오비드렐 배 주사를 맞고 난자를 채취하는 과배란이 문제였다. 배란 앞에 붙은 '과'부터 마음에 안 들었다.

1차 채취를 무사히 마치고 집에 돌아와 누웠다. 아무 생각이 없었고 하기도 싫었던 공기인형처럼 살았던 나날이었다.

그런데 배가 점점 부풀어 올랐다. 하아.

"복수가 조금 찰 수가 있어요"

담당 주치의 말이 기억나서, 그러려니 이러다 말겠지 하고 넘긴 게

큰 실수였다. 배에 물이 차는 복수는 전문 용어로 난소 과자극 증후
군 통증이라고 불리는 과배란 후유증이다.

하루가 다르게 배불뚝이가 됐다.

웃긴 일화가 있다. 불룩 나온 배를 지탱하기 위해 한 손을 등에 얹
고 분리수거를 하러 나갔는데, 놀이터에 모여 있는 아주머니들이 따
뜻한 눈으로 동그란 배를 바라봤다. 그 정도로 증상은 심각했고 임
신도 아닌데 조금 억울했다.

이러다 말겠지는 젠장.
점점 숨이 가쁘고 음식을 넘기지도 못해 물만 겨우 삼켰다. 무식하
게 일주일을 견뎠는데, 갑자기 식은땀이 나면서 물로 가득 찬 배가
곧 빵 할 거 같은 고통을 느꼈다.

별안간 살아야겠다는 생각이 들었다.
늦은 밤이었고 오빠는 야근 중. 휴대폰과 지갑만 챙겨 슬리퍼를 신
고 나와 택시를 탔다. 병원 응급실 문을 열고 들어가 간호사와 레지
던트에게 배를 보여주며 울먹울먹. 했던 밤이었다.

당황하는 레지던트의 어설픈 처치에 황당했다. 자신도 이런 경우
는 처음 본다며. 당직을 하고 있는 전문의 선생님에게 호출을 해보

217

겠단다. 그럴 수 있다. 배워가는 과정이니까.

전화를 받고 내려온 전문의도 속수무책. 하아.
생각보다 증상이 심한 환자에 대한 책임 회피였다. 여성 난임 분야
는 자신이 자신할 수 없는 영역이어서 조금만 더 버티라는 말을 남
기고 떠났다.

결국 입원을 하고 전화를 받고 달려온 오빠와 함께 새벽 내내 울
었다. 아파. 많이 아파. 다음 날 오전 일찍 담당 전문의가 응급실로
찾아왔다.

선생님을 보자마자 서러워 눈물이 또 터졌다. 놀란 주치의는 서둘
러 초음파를 하며 내 뱃속 상태를 봤다. 한숨을 토했다.

"아이고. 미련하게 이렇게 될 때까지 참았어요? 물이 거의 폐까지
차서 하마터면 죽을 뻔했어요"

무념무상으로 나풀거리며 살았던 공기인형은 미련했고 터지기 일
보 직전이었다. 저세상 갈 뻔한 아슬했던 사건이었지만 복수는 시작
에 불과했다.

하늘나라 갈 뻔 했어요 @맥켈란

열무와 하루

그러나 시간이 지나도

아물지 않는 일들이 있지

내가 날 온전히 사랑하지 못해서

맘이 가난한 밤이야

거울 속에 마주친 얼굴이 어색해서

습관처럼 조용히 눈을 감아

밤이 되면 서둘러 내일로 가고 싶어

수많은 소원 아래 매일 다른 꿈을 꾸던

아이는 그렇게 오랜 시간

겨우 내가 되려고 아팠던 걸까
쌓이는 하루만큼 더 멀어져
우리는 화해할 수 없을 것 같아
나아지지 않을 것 같아

어린 날 내 맘엔 영원히
가물지 않는 바다가 있었지
이제는 흔적만이 남아 희미한 그곳엔

설렘으로 차오르던 나의 숨소리와
머리 위로 선선히 부는 바람
파도가 되어 어디로든 달려가고 싶어
작은 두려움 아래 천천히 두 눈을 뜨면

세상은 그렇게 모든 순간
내게로 와 눈부신 선물이 되고
숱하게 의심하던 나는 그제야
나에게 대답할 수 있을 것 같아

선 너머에 기억이
나를 부르고 있어
아주 오랜 시간 동안

잊고 있던 목소리에

물결을 거슬러 나 돌아가
내 안의 바다가 태어난 곳으로

휩쓸려 길을 잃어도 자유로와
더 이상 날 가두는 어둠에 눈 감지 않아
두 번 다시 날 모른 척하지 않아

그럼에도 여전히 가끔은
삶에게 지는 날들도 있겠지
또다시 헤맬지라도 돌아오는 길을 알아

싱어송라이터 아이유가 부른 〈아이와 나의 바다〉. 이 곡을 들을 때마다 잊고 있던 아이들이 떠오르고, 때때로 그리우면 찾아 듣는다.

우리 부부에게는 두 아이가 있었다.

서른다섯 때다. 시험관 시술로 채취한 난자를 바로 얼려 눈사람처럼 동그라미 두 덩이가 붙어 있는 모양을 가진 냉동 배아들을 얻었다. 1, 2차 모두 착상까지는 성공했다. 감사하게도.

원인은 모르고 누구의 잘못도 아니다. 끝내 엄마의 작은 뱃속에서 숨을 멈췄고, 심장이 점점 커져서 터져버리는 돌연변이로 판정돼 낙태수술을 받았다. 불행하게도.

첫째가 열무다.

즐겁게 살자는 뜻을 가진 순우리말 태명이다. 신기한 일이다. 자연임신이 아닌 의학의 힘을 빌려 착상된 아이인데 이식하기 전날 태몽을 꿨다.

아직도 생생하다. 커다랗고 검붉은 포도 한 송이를 시어머니에게 선물했다. 이렇게 싱싱한 포도는 처음 봤다며 함박 웃는 어머니를 바라보며 깼던 판타지였다.

다시 찾은 여성전문병원에서 임신 가능성 여부를 판단할 수 있는 혈액 검사를 했다. 수치가 높았다. 확신을 하며 미리 축하한다는 주치의 한마디가 포도만큼 달았다.

초음파 화면으로 본 열무는 올챙이처럼 생겼다. 뭉클했다. 모성애가 이런 감정인 걸까. 개구리로 자라기까지 한참 멀었지만 마냥 귀엽고 귀했다.

열무와 함께 한 7주간 행복했다.
아이를 위해 건강한 식단과 산책을 했고, 퇴근하고 돌아온 오빠와 즐거운 대화를 나눴던 밤들이었다.

열무는 인연이 아니었다.
임신 7주 차 심장 소리를 확인하는 초음파를 했는데 고요했다. 초음파 전문의가 기계 음량을 최대한 높이고 재차 확인을 해봤지만 심장은 뛰지 않았다.

실감이 나질 않았다.
처음이라 서툴렀고 태아일지 28일은 짧았다. 어리둥절한 상태에서 아이를 긁어내는 소파수술을 받았다. 집에 돌아와서야 울음이 터졌고 아물지 않는 상처가 됐다.

몸과 마음이 피곤했다. 지치고 힘들었다.
배가 고픈 줄 몰랐고 대화도 즐겁지 않아 동굴에 들어갔다. 오늘이 가장 젊은 자아는 한없이 작아져 1년 동안 유령처럼 살았다.

시간을 낭비했지만 시간이 해결해 주더라.

다시 먹고 뛰고 마시는 패턴이 돌아와 활력을 찾기 시작했을 때다. 기똥찬 순간이자 기가 찬 찰나. 엄마가 찾아왔다.

다시 병원에 가보자고. 아직 희망이 있다고.

이제 겨우 일어났는데, 또다시 헤매는 길을 걸어 들어가라는 소리로 들려 밉고 야속했다. 약속했다. 이번이 마지막이라고.

2차는 간단했다. 과배란 주사 맞을 필요 없이 보관되어 있는 냉동 배아를 녹여 이식만 하면 끝난다. 이번에도 태몽을 꿨다. 복숭아. 동그랗고 뽀얀 복숭아를 맛있게 먹다가 깬 판타지.

감사하게도 또 착상에 성공했다.

태명은 하루다. 하루하루 건강만 해달라고. 박하루는 '쿵쾅쿵쾅' 심장 소리가 우렁찼다. 눈물이 조금 났다. 초음파 사진을 여러 장 부탁해 양가 부모님을 찾았다.

태아일지 12주 차를 쓰면 난임 여성병원을 졸업하고 일반 산부인과로 간다. 즐거울 안녕을 앞두고 마지막 집중 초음파실에 들어가 누웠다.

화면을 보던 전문의 표정이 아스팔트 껌처럼 굳어지더니 또 다른 의사를 불렀다. 작은 목소리로 속삭이던 두 사람.

"자세한 설명은 주치의에게 들으세요"

초음파를 마치고 의자에서 내려올 때 눈앞이 깜깜했다.

돌연변이란다. 태어나도 3일도 못 버티고 저세상으로 간다는 사망 선고를 받은 아이. 하늘이 무너졌고 시험관을 강요한 엄마가 너무나도 미웠다.

배우 이영애가 쌍둥이를 낳았다는 유명한 산부인과를 찾았다. 작은 희망의 씨앗을 품고서. 고액을 내고 세밀한 검사를 받았지만 돌아온 답은 똑같았다. 심장이 점점 커져 터져 버릴 아이. 박하루.

유도분만으로 하루를 낳았다.
'악' 소리도 못 지를 정도로 처음 겪어본 고통이었다. 하루는 착했다. 예상보다 빠르게 엄마 뱃속에서 나왔고 아직 뜨거운 작디작은 생명체는 수술실 한편에 있는 비닐봉지에 들어갔다. 차갑게 식었겠지.

열무와는 달랐다.
석 달을 함께 한 아이를 보낸 후 하루하루 버티며 살았고 불면증이 생겨나 지금까지 약을 복용 중이다. 4년이 흐른 지금은 가끔 운다.

열무는 아들. 하루는 딸이었다.

열무와 하루야. 때때로 그리워 @맥켈란

친정 오빠와
새언니

"나 친조카 생겨?"

잊을 수 없다. 동생이 들고 온 초음파 사진에 커다란 두 눈을 반짝이며 아이처럼 좋아했던 친정 오빠 표정은 사랑이었다.

고모를 엉엉 울렸던 태양이가 태어날 때가 생각났다. 닮은 마음일까. 싶어 따뜻했다. 하루가 착상이 된 후 새언니도 임신을 했다. 하루와 나란히 찾아온 둘째 조카의 원래 태명은 하늘이다.

하하 호호했지만 하루는 떠났다.
하늘도 이름을 우주로 바꿨다. 오빠와 언니의 조용한 위로였다.

더 이상 막냇동생이 아프지 않길 바란다며 다시는 난임 병원에 가지 말라고 했다. 차마 포기를 못 하는 엄마를 (나 대신) 강경하게 설득해 준 오빠와 언니에게 글을 쓰며 또 고맙다.

친정이 친정 오빠네다.

본가는 명절 때만 가고, 마음이 배고프거나 혼술을 하기 싫을 때 오빠네로 달려간다. 매번 환영이다. (아직은) 떨 듯이 좋아하는 태양과 우주가 마냥 귀엽고 오빠와 언니는 신메뉴 안주가 나왔다며 반겨준다.

오늘 아침에도 친정 오빠와 '카톡'을 했다. 별 이야기는 아니다. 회식은 언제냐 점심은 뭐 먹을 거냐 운동은 언제 가냐 등을 묻고 답하며 함께 살고 있다.

우리 남매는 어릴 적부터 참 사이가 좋았다. 맞벌이 엄마 아빠는 아침 일찍 나가 밤늦게 들어와서, 네 살 터울인 오빠가 나를 업어 키웠다.

집에서 둘이 놀다가도, 친구들이 부르면 날 꼭 세트로 데려갔다. 덕분에 나 역시 오빠 친구들과도 지금까지 친하게 지낸다.

이태원 초등학교로 등교할 때도 내 손을 꼭 잡고 나란히 걸어갔다.

229

컵 떡볶이와 소프트아이스크림도 자주 사줬다. 오빤 참 고마운 가족이다.

성인이 되면서 남매는 더욱 단단해졌다. 수능을 보고 며칠 후였을 거다. 찬란한 스물을 축하한다며 오빠가 한잔 사겠단다. 지금은 추억 속으로 사라진 피막골에 가서 항아리 동동주를 마시고 고갈비를 맛있게도 뜯었지만 결과는 참담했다.

술병이 제대로 나서 3일 동안 침대 밖을 나가지 못했다. 그래도 사랑하는 만큼 술을 먹여준 오빠가 참 좋았다.

오빠 방에서 캔 참치와 소주를 즐겨 마셨다. 왜 그랬는지는 모르겠는데, 잠자리에 든 엄마 아빠 몰래 속닥이며 마셨던 '꼭꼭 숨어라' 밤들이었다.

또 오빠 연애사를 참 많이도 들었던 밤들이었다. 당시엔 남자를 잘 몰랐던 동생에게 여자들의 마음은 왜 그렇게 생겼냐며 많이 물었다. 그러게. 왜 그럴까. 귀엽던 청춘 남매였다.

늘 내 편이고 아껴주는 언니 오빠는 큰 자랑이다. 사랑해! 고마워! 우리 가족 건강하자.

아이스크림만큼 달콤한 친정 오빠와 새언니 @맥켈란

친정 엄마의
아픈 손가락

"괜찮아. 다시 도전하면 돼"

12주를 품었던 '하루'를 보낸 지 하루도 지나지 않았다. 낙태수술
이 끝나고 병실에 맥없이 누워 있던 중 찾아온 엄마가 아직 아물지
않은 마음을 또 도려냈다.

"제발. 엄마 제발 좀 그만해"

하루와 안녕하고 목이 쉴 정도로 울었는데, 칼같이 꽂힌 현실적인
조언에 숨만 겨우 쉬고 있는 현실이 무너져버릴 것 같았다. 뒤돌아
누워 또 울었다.

"장모님. 가시는 게 좋겠어요. 그리고 우리 부부 이제 다시는 아이 안 가져요. 돌아가 주세요"

눈물 콧물 빼던 와중 사이다. 오빠뿐이다.

과배란 주사 후유증으로 복수가 폐까지 차서 응급실에 갔을 때 놀라 달려온 엄마는 그래도 '다시'였다. 엄마. 하마터면 영영 딸 못 봤어. 해도 괜찮다고 했다.

옆에서 꾹꾹 참았던 오빠가 갑자기 소리를 빽 질렀다. 휘둥그레. 왜 그래요. 여보. 세상 제일 착한 남자가.

"죽을 뻔했다고요. 다시는 아기 이야기 꺼내지 말고 당분간 연락도 하지 마세요. 제발 가주세요!"

치료실에서 배에 가득 찬 물을 시원하게 빼고 있었는데, 문밖에서 고함을 지른 오빠에게 놀랐고 또 시원했다.

화가 잔뜩 난 아빠는 엄마 손을 꽉 잡고 병원을 나가셨단다. 오빠에게 왜 그랬냐고 (다그치지 않고) 쫑긋 물었다.

"자기 위험할 뻔했는데 자꾸 내게도 다시 하면 된다고 하시잖아.

233

자식보다 아직 보지도 못한 손주가 더 소중할 리 없잖아"

"맞아. 옳지. 그렇지".
무릎을 쳤고 오빠 등을 다독였다.

친정 오빠와 새언니가 조카 태양이를 낳고 엄마의 외손주에 대한 집착은 시작됐다. 이유가 어이없고 허무하다. 와. 다시 생각하니 맥없고 화가 난다.

"자식이 없으면 남자가 밖에서 애를 낳아 온다"는 살아보지도 못한 조선 시대 가치관은 도무지 이해할 수 없었고 한결같은 남편의 인격을 모독하는 말이기도 했다.

엄마는 자식 없는 딸이 혹시라도 혼자 추레하게 혼자 늙을까 걱정이 태산이다. 가는데 순서 없다고 그럴 수도 있다. 인생은 팔자다. 흘러가는 대로 긍정적으로 살면 된다.

"넌 내 아픈 손가락이야"

"딱 하나 부족한데…"

"남자가 바람피운대"

그만…

지금도 가끔 싸운다. 가끔 안부 전화를 하며 즐겁게 대화를 나누다가, 웅얼거리는 한마디에 속이 울렁거리고 뒤집어져 전화를 끊어 버린다. 화딱지가 나서 냉전 시작.

포기를 모르는 엄마의 인생은 매 순간 도전이었다. 강해지고 독해졌다. 딸에게도 모질게 구는 엄마가 되어 안쓰럽고 안타깝다.

스무 살 때부터 사업을 했다는 엄마의 이십 대는 고달팠다. "아프니까 청춘이다"는 말이 싫다. 스물이 찬란하게 빛나야지 왜 아프고 견뎌야 하는 시절이어야 할까.

돈을 모아 형제자매를 먹이고 입혔고, 충청도 종갓집 장남에게 시집와 기울어가는 시댁 살림을 도왔다. 안간힘을 다해 6남매 점심 저녁 도시락을 싸고 대학까지 보냈는데, 시누이들은 얄밉게 굴었단다.

다행인 건 뒤늦게라도 자기 인생을, 아니 자식들 앞길을 위해 서울로 상경했다. 오빠는 겨우 세 살이었고 막내딸은 엄마 뱃속에서 놀던 때다.

아들과 딸은 엄마의 전부였다. 평생을 '돈돈돈' 거리며 밤낮없이 일하며 안 쓰고 아꼈지만 자식이 원하는 거라면 무엇이든. 다 해. 다 가져.

중학생 오빠는 나이키 조던 시리즈를 모았고, 나는 전교생 최초로 최신형 가로본능 휴대폰을 갖게 됐다. 철없던 자식들.

매일 아침은 수라상이었다. 엄마는 새벽 4시에 알람을 끄고, 새 밥을 지었고 고기를 굽거나 갈치를 튀겼다. 고소한 밥 냄새를 맡으며 부스스 일어났던 어린 딸은 엄마를 사랑했다.

그러지 말지. 그렇게 살아온 엄마가 지금은 참 밉다. 너무나도 미련하다. 자식 바라기로 살아온 엄마는 여전히 독립한 아들, 딸 바라기다.

본인의 삶은 없다. 엄마는 엄마를 위해서 뭘 해봤을까. 결혼하고 얼마 지나지 않아 뜬금없이 친정집에 들렀는데, 냉장고를 보고 이마를 짚었다.

늘 진수성찬이 차려졌던 우리 집인데 김치랑 멸치볶음뿐이었다. (내가 뭐라고) 화를 냈다. "아빠는! 무슨 죄야!" 그 후로 반찬 해달라는 말을 꺼내본 적이 없다. 그게 또 엄마는 서운하단다.

엄마의 사랑은 집착이 됐다.

자신의 계획대로 아들과 딸이 살아가길 바란다. 집착은 폭력이다. 장손인 오빠는 무조건 아들을 낳아 대를 이어야 한다는 말을 새언니 앞에서도 주저하지 않았다. 다행인 걸까. 태양과 우주는 왕자다.

딸은 공주가 되길 바랐다. 조건 좋은 훤칠한 남자를 만나 애 하나만 낳고 설거지 안 하며 살길 바라셨다. 드라마틱한 오빠를 만나긴 했지만, 애는 없다. 영영.

예쁜 딸로 머물고 싶었는데 이미 '아픈 손가락'이 됐다. 가슴속을 뒤져 할 말을 찾는 엄만 또 늘 같은 말만 되풀이하며 내 마음의 문을 더 굳게 닫게 한다.

말하지 않아도 다 알고 있다. 엄마는 세상에서 제일 딸을 사랑한단 걸. 속상하다. 분명한 건 엄마를 행복하게 해주는 게 바로 내 꿈들 중 하나이다. 다만 아이는 없다. 영영.

어릴 적 엄마와 산책했던 낙산 공원 @맥켈란

시어머니의
위로

세상과 다른 눈으로 나를 사랑하는
세상과 다른 맘으로 나를 사랑하는
그런 그대가 나는 정말 좋다

나를 안아주려 하는 그대 그 품이
나를 잠재우고 나를 쉬게 한다

위로하려 하지 않는 그대 모습이
나에게 큰 위로였다

나의 어제에 그대가 있고

나의 오늘에 그대가 있고
나의 내일에 그대가 있다

그댄 나의 미래다
나와 걸어주려 하는 그대 모습이
나를 웃게 하고 나를 쉬게 한다

옆에 있어주려 하는 그대 모습이
나에게 큰 위로였다

싱어송라이터 권진아의 〈위로〉다.

시어머니는 세상 다른 눈과 마음으로 막내며느리를 사랑하고 위로
했다. 애써 위로하려 하지 않는 어머니에게서 가장 큰 위로를 받았다.

"지금 세상에 사는 부부들은 무자식이 상팔자지"

예비 며느리 시절 때다. 집에 놀러 온 막내들이 딩크로 살겠다고
하자 흔쾌히 오케이를 그렸다. 예상보다 쿨해 살짝 당황했다.

돈 없어서 집을 못 구해 결혼도 하기 어려운 팍팍한 오늘인데 애
를 낳고 책임지고 살려면 얼마나 힘이 들까. 당시 칠십 대 어머니는

현실적이고 깨어 있었다.

시험관 시술을 결심했을 때 시댁에겐 비밀로 했다. 걱정을 만들어 주고 싶지 않아서다. 열무가 찾아왔고 4주 차 때 시댁을 찾아 초음파 사진을 꺼냈다.

"아이고. 우리 막내 기특하네. 축하해!" 평소 시험관 시술은 반대 했던 어머니였지만 임신한 며느리를 포옥 안아주며 아낌없이 반겨 줬고 사랑했다.

시험관으로 어렵게 얻은 두 생명을 하늘로 보내고 나서다.

병원으로 찾아와 다시 도전하면 된다는 친정 엄마가 미워서, 시어 머니가 궁금했던 밤이었지만 아무런 소식이 없어서 내심 서운했다.

상처가 아물 때쯤 그 이유를 오빠가 털어놨다. 막내가 너무 가여워 서, 짠해서, 통화하면 약한 소리 하실까 봐 차마 못 했다고.

대신 오빠에게 전화해서 악다구니를 치며 통곡했단다. 다시 한번 '시험관' 소리하면 둘 다 호적에서 파버리겠다고. 어머니…

한 달쯤 지났을까. 어머니께 장문의 카톡이 왔다.

이제야 나를 안아줄 용기가 생겨서 미안하다고. 다시는 내 몸과 마음에 해로운 일을 하지 말라고. 언제나 막내들 뒤에는 엄마 아빠가 있다고.

마지막 문장을 읽고 바닥에 주저앉아 울었다.

"너는 욕심부리지 말고 살아라. 사랑한다. 아가야"

어머니를 닮고 싶고 어머니처럼 살고 싶다. 어머니는 나의 미래다. 나를 더욱 빛나는 사람이 되게 해준 어머니께 감사하다.

우리 우리 어머니 자랑을 더 해볼까 한다.

친정과 시댁이 다른 점이 있다. 시댁은 무소식이 희소식이고 친정은 무소식이 무슨 일이다.

아들 셋을 둔 시엄마는 온 가족이 한 동네에 살고 싶다는 소원을 이뤘지만, 1년에 고작 서너 번 정도 아들 며느리들과 함께 만난다.

명절은 신정 때만 식사하고 생일은 몰아서 합동 파티다. 어버이날은 아들들하고만 저녁 식사. 제사도 없는 며느리 천국 시댁이다.

"아가들아~ 내가 많이 깨어 있잖냐! 이런 엄마 못 봤지? 뭐하러 피곤하게 다 챙기고 산다냐. 내 놀기에도 바쁜데. 너네도 부지런히 여행 다니고 사랑해라!"

호탕한 전라도 여전사는 자기애가 강하다. 오빠의 탄탄한 자존감은 분명 모친에게서 나온 거다. 자신을 위해 부지런히 온 세상 구경을 하고 손주 손녀를 돌봐주는 삶을 결사반대하신다. 친목 모임만 5개로 우리 가족들 중에서 제일 바쁘다.

매일 가는 헬스장에서 '왕언니'로 불릴 만큼 리더십과 입담도 대단하다. 라디오 2시 탈출 컬투쇼에 보낼 만한 재미난 에피소드들을 풀어내며 어린 자식들을 웃긴다. 매력 부자 우리 우리 어머니.

어제 오전에 어머니께 건강히 잘 지내시는지. 막내들은 어찌어찌 살고 있는지. 장문의 카톡을 보냈다.

한참 후에 답장이 왔다.

"막내구나. 모임 다녀오느라 이제 봤네. 잘 지내고 있다. 너네도 잘 지내렴. 안녕!"

멋있어.

시어머니는 언제나 초록이다 @맥켈란

단단한
연민이 생긴 부부

"아름다우세요"

뜬금없이 고백했던 풋풋해서 귀엽던 오빠가 어른이 됐다. 닮고 싶은 꽤 괜찮은 어른.

결혼하고 나서 알게 된 사실이 있다.

연애 시절 재미없다고 이별 선언을 하고 돌아오던 철없는 연인을 4번이나 안아줬다. 친정 오빠와 내 오빠가 단둘이 맥주 한 잔을 한 적이 있다.

"그런데도 내 동생이 좋아?"

"괜찮아요. 형. 언제가 알아주겠죠. 사랑을"

그랬구나. 오빠가 내게 잡혀 살고 있는 줄 알았는데, 커다란 오빠 손바닥에 자유롭게 놀고 있었던 거구나. 뭉근한 사랑이 뭉클했다. 잘해야지. 싶었다.

다툴 일이 없었다. 다름을 인정하고 집착을 안 하는 가치관도 중요한데, 오빠의 손바닥은 태평양이었다. 마냥 철없는 아내를 사랑했고 놀다가 넘어지면 제일 먼저 달려와 준 남자다.

농담 삼아 우리 부부는 나를 "물가에 내놓은 애", "우리 집에 큰딸 있어요" 부르고 자칭한다. 한 번도 부정하지 않았던 오빤 진심인 거 같다.

유산과 낙태. 열무와 하루는 우리 부부에게 큰 시련이었다. 비 온 뒤 땅은 굳는다. 힘든 시기를 함께 겪은 부부에게는 단단한 연민이 생겼다.

서로 말없이 눈만 봐도 마음이 읽힌다. 등에도 표정이 생기고 곤히 자고 있는 모습이 이따금 안쓰럽다. 큰일이다. 오빠에 대한 마음이

벅찰 정도로 커버렸다. 이제는 오빠가 없는 세상은 꿈꿀 수 없다.

해 질 녘 노을이 더 아름다운 것처럼 사랑도 여물수록 예뻐진다. 서로를 보다 가만히 걷다 어김없이 찾아온 보랏빛 노을에 멈춰 선다.

이만하면 됐다. 사랑이 전부다.

지금은 새벽 4시.
쏟아지는 장맛비 소리에 내 감성도 젖는다. 아오.

오로지 오빠를 위한 편지로 글을 마무리하고 싶었어.
사랑이야.

모두가 잠드는 이 밤 오빠를 떠올리는 새벽이야.
비가 내리는 요즘이지만 내 인생에는 언제나 오빠가 내렸어.

쏟아진다. 오빠와 함께 사랑한 추억들이,
그날이 기억이 아직도 숨을 쉬며 마음을 간지럽게 흔들어.

사랑한다는 말도 아까울 만큼 사랑할게.
미워하는 마음 없이 아낌없이 사랑을 주기만 할게.
오빠 지금처럼만 사랑해 줘. 넘치게.

살다 보면 또 넘어질 날 올 수도 있겠지.

그땐 내가 오빠 손을 잡아줄 수 있을 만큼 자랐으면 좋겠다.

오빠의 작은 우산이 되어 볼게!

글을 쓰면서 오빠와의 대화가 더 즐거워졌어.

그거면 됐다. 행복.

사랑하고 건강만 하자.

안녕! 아침에 만나! 매일 만나! 오래오래!

오빠는 소중하니까! @맥켈란

Epilogue

가끔 세수를 하다 눈물을 뱉는다.

비누가 들어가 눈을 찌푸리면 얼굴도 모르는 아이들이 떠올라 운다. 그리워 질리도록 운다. 그칠 줄 모른다. 뚝 그쳐도 후련하지 않다. 상처는 아물어도 자국은 남는다.

그립지만 후회는 없다.

쓰고 먹고 마시고 뛰는 내 일상이 스마일하고 이렇게까지! 할 정도로 오빠에게 사랑과 행복을 받고 있다. 사랑만 주는 가족이 있고 태양과 우주가 정말 귀엽다. 자유와 여유로 생기가 가득한 오늘이다.

글을 쓰면서 감사했다.
걸어온 길을 되돌아가면서 나 참 잘 살았구나!

청춘일지를 보면 어린 사랑들을 하며 잘 컸다. 결혼일지는 오빠가 전부지 뭐. 시댁 복은 내가 전생에 3개국쯤은 통일시키지 않았을까.

딩크일지를 쓰면서 아팠지만 그리움도 사랑이라는 걸 깨달았다. 소중한 가족에게 보답하고 싶다는 마음도 생겼다. 인생 짧다. 우리 부지런히 하트 그리며 놀자.

《딩크》책 표지가 결말이다. DINK와 스마일 마침표. 아이 없이 산 부부는 마침내 행복했습니다. 해피엔딩.

마지막으로 응원을 아끼지 않았던 친구들과 소중한 시간을 내어 추천사를 보내준 분들에게 고맙고. 그래서 끝까지 쓸 수 있었다는 마음을 전하고 싶다.

아. 이제 끝!
새로운 글감을 찾아 나서야겠다.

추천하는 글

그녀의 글은 정답다. -F와 T의 그 중간 어디쯤에 속한- 친한 친구가 해주는 이야기 같다. 어느 한 사람의 동화 같은 인생 이야기가 부럽다.

-드라마 〈나의 아저씨〉, 〈이태원 클라쓰〉 음악감독 박성일

맥켈란을 즐겨 마시곤 한다. 싱글몰트라 부드럽고 깊은데 달콤하기까지. 작가 맥켈란도 위스키를 닮았다. 무명시절 생활고에 시달렸다. 술 한잔이 생각나면 기꺼이 대학로로 달려와 함께 소주잔을 나눴던 맥켈란. 남다른 시선으로 따뜻한 위로를 하는 친구다.

지쳐 있는 내게 보내는 함박 짓는 미소에 힘이 났던 추억이 있다. 에세이 《딩크》는 맥켈란이 고스란히 담겨 있다. 읽는 내내 밝은 에너지를 가진 그녀가 떠올라 피식 웃음이 났다. 맥켈란이 경험한 온전한 이야기가 담긴 《딩크》를 보고 나니 그녀가 더 보고 싶어졌다. 보고 싶어. 맥켈란.

-배우 조재윤

처음 그녀가 아이를 떠나보낸 이후 딩크족으로 살겠다는 의지가 강해진 것이 내심 속상했다. 자식은 하늘이 내려준 선물인 것을⋯ 세상 누구보다 밝은 그녀에게 어찌 하늘은 이토록 가혹하단 말인가. 안타까운 마음으로 접한 그녀의 솔직한 이야기는 안타까운 나의 마음을 안도의 미소로 바꾸었다.

위기가 왔기 때문에 선택한 것이 아니라, 이미 그녀는 오래전부터 자신의 삶을 취사선택하는 삶을 살고 있었음을. 위기 또한 그녀가 새로운 삶을 선택하기 위해 겪어야만 했던 시간으로 보내고 있었음을 알 수 있었다. 온몸을 힘을 빼고 일기를 써 내려가듯 솔직하게 담아낸 그녀의 이야기를 다 읽고 나니 그녀의 바람처럼 시원한 맥주 한 잔이 생각난다.

딩크족으로서의 삶에 대해 고민이 있는 사람들에게도 좋지만 기자로서 많은 사람들의 이야기를 엿본 그녀의 이야기가 궁금하다면 가벼운 마음으로 읽어볼 수 있는 이야기. 많은 독자들의 책장 한켠에 자리잡을 수 있기를 바라는 바다.

-배우 손병호

결국은 해피엔딩 @맥켈란

Thank You! Smile ☺ @맥켈란